極道幼稚園

Sachi Umino
海野幸

CHARADE BUNKO

Illustration

小椋ムク

CONTENTS

極道幼稚園 ―――――――――――――――― 7

甘やかしたり甘えたり ―――――――――――― 217

あとがき ――――――――――――――――― 252

極道幼稚園

陽気も穏やかな五月。赤い屋根の建物から、ひとりの青年が勢いよく飛び出してくる。

「ドッジボールする者この指止まれー！」

青空に朗らかに響いたその声を合図に、小さな建物の中からいっせいに子供たちが飛び出してきた。

ここは『ヒカリ幼稚園』。

下は乳幼児から上は小学校入学を控える六歳児までを預かる幼稚園だ。

そして今、幼稚園の小さな運動場で子供たちと共にドッジボールをして遊んでいる青年が、園の幼稚園教員見習い、榎本《えのもと》ひかりである。

今年の三月に二十歳《はたち》になったばかりのひかりは、のびのびとした長身に園の名前がプリントされたピンクのエプロンをつけて子供たちと遊んでいる。肩にぎりぎりつきそうな長さの髪を後ろで無理やりひとつに束ね、横顔を長い前髪で隠したその姿は一見すると街で遊んでいる若者のようだが、子供たちの中で浮かべるひかりの笑みは意外なほど優しい。

長軀《ちょうく》の後ろにまだ年端もいかない小さな子供を庇《かば》いながらひかりたちがドッジボールに興じていると、年長の子供の手元が狂って水色のボールが園を囲うフェンスを越え、外に出てしまった。

「あっ、ボールが……」

フェンスの向こうの車道に転がるボールを目で追う子供たちに、ひかりはもうひとつ用意してあったピンクのボールを投げた。

「あっちのボールは俺が取ってくるから、それまで皆はこれで遊んでるんだぞ」

笑ってひかりは子供たちの輪から外れた。

園を出るため、ボールが飛び出した場所からは離れた位置にある正門へ向かう。子供たちの力では到底開けられない重い横引きの門に駆け寄ろうとして、ひかりは足を止めた。

門の向こうに誰《だれ》かいる。

目を凝らして、それがスーツを着た男性だとわかったひかりは、父兄でも来たのかとエプロンの下の襟元を正した。

門に近づくと、男性もこちらに気づいたようだ。

ダークスーツをきっちりと着込んだ男性は、年の頃は二十代後半といったところだろうか。

ひかりと目が合うと、穏やかに目を細めた。

（うわ、美形……）

自分より年上らしい相手の顔を真正面から見たとき、ひかりは真っ先にそう思った。目元の涼やかな、鼻梁《びりょう》の彫が深い、精悍《せいかん》な顔立ちの人物だ。ちょっと日本人離れした美丈夫である。

「あの、園に何かご用でしょうか？」

男性に声をかけたひかりは、門扉越しに相手と向かい合って一瞬目を瞠《みは》った。男性が、思った以上に長身だったからだ。

ひかり自身、学生時代サッカー部で鍛えていたおかげか背が高く、筋肉もそこそこついている。けれど目の前の男性はひかりより一回り大きな体で、身長百七十を超えるひかりを頭ひとつ高いところから見下ろす馬鹿気て体躯に恵まれた男だった。

すらりと背の高い男はひかりを見下ろし、また穏やかに笑った。

「このボールは、ここの幼稚園のものですか？」

そう言って男が長い指で摑《つか》んでかざしたのは、たった今園を飛び出した水色のボールだ。

「あっ！　そうです、うちの……」

慌てて頭を下げたひかりがボールを受け取ると、相手は自分の胸より低いところにある門に肘《ひじ》をついて、楽しそうにひかりの顔を覗《のぞ》き込んだ。

「……ヒカリ幼稚園の、ひかり先生？」

今日初めて会ったばかりだと思った人物に突然名前を言い当てられてひかりがぎょっとすると、男はなおも楽しそうに笑ってひかりの胸を指差した。

ピンクのエプロンの胸元には、『ひかり』と書かれたネームプレートがついている。

（な、なんだ、知り合いだったのかと思った……）

うろたえた自分がほんの少し気恥ずかしい。考えてみればこんな美形、一度見たら忘れるはずもないのに。見上げた顔は相変わらず整っていて、遠目に黒かと思った髪は、よく見るとダークグレーに染められていた。一般的な日本人より透き通って白い肌に、その不思議な色合いがよく似合っている。

モデルみたい。そう思ったひかりに、相手は耳に心地《ここち》よく響く低い声でさらに尋ねた。

「園と同じ名前だなんて、ここの園長先生のご子息ですか？」

問われて慌てて首を振る。

「ち、違います。偶然です」

「偶然？　それは素敵な偶然ですね」

キザな台詞《せりふ》も、美形が言えば様になるから羨《うらや》ましい。そんなことをぼんやりと考えるひかりの前で、男が長身をゆっくりと屈《かが》めた。

「ところで、今日はこちらの園長先生にお目通り願いたいのですが」

「な、何か、ご用ですか？」

相手が体を屈めたことで互いの顔が近づいて、ひかりは一瞬言葉を詰まらせる。そんなひかりの前で、相手は先程と変わらぬ笑顔を浮かべて頷《うなず》いた。

「ええ。ここを、立ち退《の》いていただきたいんです」

最初、ひかりは何を言われたのかわからなかった。

ぽかんとした顔をするひかりに構わず、男は後ろを振り向いて手招きのような動作をする。

そのとき初めて気がついた。男の背後には、黒塗りのベンツが停《と》まっている。

（ま、まさか……）

嫌な予感がした。それが間違いであって欲しいと願うひかりの前で車のドアが開く。

中から現れたのはひかりの予想を裏切らない、黒いスーツを着た厳つい顔の男たちだった。中にはサングラスをかけている者もいて、どう見ても皆、堅気の人間には見えない。

立ち竦《すく》むひかりの前で、再びダークグレーの髪色をした男が振り返る。

背後に人相の悪い男たちを背負った彼は、先程までとは違う凄《すご》みのある笑顔で、もう一度言った。

「園長先生に、是非お目通りを」


ヒカリ幼稚園の応接間は異様な雰囲気に満ちていた。五十の峠《とうげ》を越えた人の好《よ》さそうな園長夫妻の前に、どう見てもヤクザ者の男たちが居座っているのだから当然だ。

ひかりは盆に載せた緑茶を片手に、応接間の入口から中の様子を窺《うかが》っていた。

「私、こういう者です」

応接間のソファーに腰かけるなり、ダークグレーの髪の男が園長に名刺を渡した。それを両手で受け取って、園長はゆっくりとそこに書かれた文字を読み上げる。

「瑚條蓮也《こじょうれんや》さん、ですか……」

ようやく男の名前が判明し、ひかりは応接間のドアの隙間《すきま》から室内を覗き見る。

園長夫妻が座るソファーの前に瑚條と名乗る男が座っていて、その後ろに厳つい顔をした男たちが椅子《いす》にもかけずに立っている。

そんなものと対峙《たいじ》する園長夫妻の重圧はいかばかりかとひかりが夫妻の顔色を窺うと、意外なことに二人とも随分と落ち着き払った顔をしていた。

そして、臆《おく》することもなく名刺に書き記された言葉を読み上げる。

「そうですか。黒龍会《こくりゅうかい》に所属する会社の社長さんですか」

（こ…っ…黒龍会……！）

驚いたのは、ドアの陰に身を潜めるひかりの方だ。だって黒龍会といったら、この辺りで知らぬ者はいないヤクザの組だ。飲食から不動産まで手広く商う、今時やり手の商売上手なヤクザだとも聞いている。

（……それにしても、あの人が社長⁉）

目を見開いて、ひかりは瑚條と名乗った男の顔を凝視する。どう見たって三十前後といった顔だ。見た目だってどちらかといえばインテリ風で、とても荒くれ者のヤクザを束ねる男とは思えない。

園長も同じことを思ったのだろう。瑚條の顔を真正面から見て、ゆっくりと微笑《ほほえ》んだ。

「随分お若いのに、社長さんとは立派ですね。もしや組長も兼任ですか？」

園長の常と変わらない穏やかな口調はさすがだ。いつだって分け隔てなく人と接する人だとは思っていたけれど、ヤクザにまでその態度を変えないとは思わなかった。ひかりは人知れず園長への尊敬の念を募らせる。

対して、若いと言われた瑚條はそれに反論するでもなく、口元に苦笑めいたものを浮かべて頷いた。

「今年で二十九になります。社長といってもまだ見習いのようなもので、組の運営は私の父が行っています。今日は下見ということで、私がこちらに参りました」

それは歯切れよく丁寧な口調だったが、ひかりは扉の向こうでひとりムッとする。

下見なんて、まるでこちらが立ち退くのを前提とした言葉みたいで気に食わない。

「下見とおっしゃられましても、私たちはこの場所を立ち退くつもりはありませんが」

微笑んで言い切った園長に、ひかりが胸の中で精一杯の声援を送る。けれど瑚條も一筋縄でいく相手ではないようだ。

「わかっています。ですからこうして、交渉をさせていただいているんです」

(交渉にそんな強面の男どもをゾロゾロ連れてくるんじゃねぇよ！)

扉の陰から、笑顔の瑚條に力一杯毒づいてみた。もちろん、エスパーでもない限り相手が意に介すわけもないが。

そうやってひかりがギリギリしていると、それまで大人しく夫の隣に座っていた園長夫人が初めて口を開いた。

「私たちが立ち退いたとして、この土地はどう利用されるのかしら？」

おっとりとしたその口調は夫に負けず劣らず、今自分たちが対峙している相手の危険さに気づいていないようだ。瑚條はそんな夫人に視線を送って小首を傾《かし》げた。

「そうですね、ここは立地がいいから……」

言いながら、瑚條がスーツの胸ポケットから何か取り出した。まさかと思ったら、それは煙草《たばこ》の箱だ。

ひかりは応接間のテーブルの上に目を走らせる。園内禁煙のため、応接間にも灰皿は用意されていない。

（……携帯灰皿、とか……用意してるわけないよな……？）

嫌な予感を胸中に渦巻かせるひかりの前で、煙草に火をつけた瑚條はゆったりとした動作で紫煙を吐き出した。

「駅から近いわりに緑も多く残っているし、マンションなんて建てたらいいでしょうね」

「まだ、具体的な土地の利用法は決まっていないようですね」

「立地さえよければ、使い道は幾らでもあるということです」

にこりと笑って、瑚條は煙草の灰を落とした。

――……リノリウムの床の上に。

そこで、ぶっつりとひかりが切れた。

「お茶です！」

叫ぶなり、ひかりが勢いよく応接間の扉を開ける。驚いたふうにいっせいにこちらを向いた視線に怯《ひる》むこともなく、ひかりはずかずかと室内に入っていく。

「どうぞ」

笑顔で園長夫妻の前に緑茶の入った湯呑《ゆの》みを置いて、瑚條の前には叩《たた》きつけるようにそれを置いた。

「どうぞ！　灰皿の代わりにでも使ってください！」

ダン！　と音を立ててテーブルに叩きつけられた湯呑みから緑茶が飛び散る。

一瞬、唖然《あぜん》とした表情でひかりを見上げた瑚條はゆるりと視線を動かして、自分の持つ煙草と、床に落ちた灰に交互に目をやった。

ひかりとしては飛び切りの嫌味を言ってやったつもりで、謝罪のひとつも返ってくるかと思っていたら。

「これはどうも」

微笑んで、瑚條は来客用の美しい湯呑みの中に煙草の灰を落としてみせた。

（こいつ殴ってやってもいいのかなぁ!?）

本気で拳《こぶし》を固めたひかりに気づいて、園長が穏やかにひかりの名を呼ぶ。けれど、ひかりにはすでに園長の声さえ届いていない。

「失礼します！」

叫ぶように言って、全力で応接間を出ていってしまった。

「……元気のいい先生ですね」

後に残された瑚條がひかりの出ていった扉を見遣りながらひっそりと呟《つぶや》く。

「ええ、とても元気のいい子です」

園長は先のひかりの行動を弁解するでもなく、笑顔のままでそう返した。それを見て、瑚條は唇に微《かす》かな笑みを乗せる。

「この園を口説き落とすのは、随分と難しそうですね」

そう言って瑚條が席を立とうとしたとき、再びけたたましいほどの音を立てて応接間の扉が開いた。

見ればそこに、肩で息をするひかりが立っている。しかも両手に、ちりとりと箒《ほうき》を抱えて。大股《おおまた》で室内に入ってきたひかりは瑚條の前に立つと、手にした箒とちりとりを突き出した。勢いに圧《お》され思わずというふうにそれを受け取ってしまった瑚條に向かって、ひかりは力一杯言い放った。

「お帰りの際は、その床を片づけていってください！」

そのまま瑚條が何か言い返すより先に、ひかりは踵《きびす》を返してその場を後にしたのだった。

応接間で一悶着《ひともんちゃく》あったその五分後。園の片隅にある洗濯場で、ひかりはひとり息を押し殺していた。長い前髪に隠されがちな横顔は、心なしか青褪《あおざ》めている。

(……ちょっと……やりすぎたかも……)

図らずも、ヤクザに喧嘩《けんか》を売ってしまった。自分のしでかしたことを思い返して、今更青くなっているひかりである。それでひとり、こんなところで隠れるように息を潜めていたのだが……。

「ひかり先生」

ふいに背後から張りのある低い声が響いてきて、ひかりはあと一息で悲鳴を上げるところだった。慌てて振り返ると思った通り、そこに瑚條が立っている。

「こんな所にいたんですか。探しましたよ」

「さ、探すって……」

探してどうする気なのだと訊《き》きたかった。自分よりずっと上背のある瑚條を見上げ、震えそうになる膝《ひざ》を必死で抑え込む。

(も、もしかして俺、ボコられる……?)

よもやこのまま黒塗りのベンツに押し込められて、明日の朝には東京湾に自分の死体が浮いているのではないか。そんな不吉な想像を膨らませるひかりの前で、意外にも瑚條は先と変わらず微笑んでみせた。

「応接間の掃除、終わりましたから一応報告に来ました」

「えっ？」

きょとんとするひかりに瑚條は、はいどうぞ、とひかりに押しつけられた掃除用具を手渡した。

ようやく何が起こったか理解したひかりは、唖然として瑚條を見上げてしまう。

（この人……本当に掃除したんだ……）

掃除用具を持ったまま驚きに目を見開くひかりを見下ろして、瑚條は楽しそうに笑った。

「先生、貴方《あなた》なかなか、いい度胸してますね」

ぎくり、とひかりの表情が強張《こわば》った。瑚條は先程ひかりが喧嘩を売ったことを言っているのだろう。やはり一発くらい殴られるのは覚悟した方がいいかと歯を食いしばったひかりの前で、瑚條は思いもかけないことを言った。

「気に入りました」

歯を食いしばっていたせいで、ひかりはとっさに言葉を返せない。けれどとりあえず、機嫌よく笑う瑚條を見て現在の状況だけは確認する。

どうやら自分は、たった今、ヤクザの若社長に見初められてしまったらしい。

「あのですね、ひかり先生」

突然身を屈めて自分の顔を覗き込んできた瑚條に驚いて、ひかりは一歩後ずさりをする。

そんなひかりを見て、瑚條は一層楽しそうに笑った。質《たち》の悪い、子供みたいな表情で。

「俺も、いきなりここを立ち退いて欲しいなんて今回の申し出が、不条理なものだってことくらいは自覚しているんです」

なんだかふいに優しい口調になった瑚條を不審に思いながらも、その通りだとひかりも大きく首を縦に振った。

「だから先生、もしも先生がひとつだけ条件を飲んでくれたら、この話、なかったことにしても構いません」

一瞬ひかりの瞳《ひとみ》が輝いた。が、何やら妙な台詞が引っかかって表情が一瞬で曇る。

「じ、条件ってなんですか」

指を詰めろ、なんて言われたら本当にどうしよう。そんなことを思うひかりの上に降り注いだのは、想像をはるかに凌駕《りょうが》した言葉だった。

「ひかり先生、俺とおつき合いしてください」

瞬間、かぱりとひかりの口が大きく開いた。言われた意味が、わかったような、よくわからなかったような、わかりたくなかったような。

「あ……あの……？」

顔面蒼白《そうはく》になってしまったひかりにますます顔を寄せ、瑚條はひどく楽しそうに笑った。

「俺の恋人になってくれたら、この土地は諦《あきら》めると言ったんです」

恋人、と。

その言葉が瑚條の口から飛び出した瞬間、ひかりは一瞬、あの世を見た、と思った。

「おおおおお、俺、男です！」

裏返った声でなんとかそれだけ叫ぶと、瑚條は笑って、わかってますよ、と言った。

「貴方は決して女顔でもなければ華奢《きゃしゃ》でもない。随分と体格がいいしハンサムな顔立ちをしているから、それくらいのことはわかっています」

ひかりは学生時代ずっとサッカーを続けていたから、その体は決して貧弱なものではない。当時は女の子にもそこそこもてていたので、自分の顔立ちがそれほどひどいものではないという自覚もある。

けれど、そんな台詞を自分よりずっと背が高くて、比べ物にならないくらい美形の人間に言われると、なんだか嫌味でも言われた気分になってしまうのはなぜだろう。

「で、でも俺はホモじゃありません！」

近づいてきた瑚條の体を突き放そうとその肩を押してみるが瑚條の体はびくともしなくて、逆に肩についた手を取られてしまった。

「俺もホモじゃありません。でも、貴方のことは気に入りました」

ニコニコと笑う瑚條の大きな手に手首を取られたまま、どこがホモじゃないんだとひかりは叫びたくなる。

何より泣きたくなったのは、瑚條に摑まれた自分の手を見たときだ。普段、武骨で人より大きいと思っていた自分の手が、それより大きな瑚條の手に摑まれると一転して華奢に見えた。体格では敵《かな》わないと、ひかりは目の前の男にうっすらとした恐怖すら覚える。

「ねぇひかり先生。俺とつき合ってみませんか。そうしたらこの園だって存続するし、結構いい話だと思うんですが」

「じっ冗談じゃ……」

ない、と、ひかりは言いきれなかった。

それよりも早く摑まれた腕を引かれ、半開きにしていた口を瑚條の唇に塞《ふさ》がれてしまったからだ。

(う……うわー！)

声にならない悲鳴が頭の中でエコーする。きつい煙草の味が微かにするその口づけに、自分がキスをしている相手が間違いなく男なのだと妙にリアルに感じてひかりは気を失いそうになった。突然見舞われた凶事に足を踏ん張って立っているのがやっとで、指先ひとつろくに動かせない。

しばらくして硬直するひかりを解放した瑚條は、濡《ぬ》れた唇を拭《ぬぐ》いもしないままひかりの目の前でにっこりと笑って言った。

「返事は急ぎませんので、じっくり考えてみてください」

摑まれていた手首をするりと離されて、後ろによろけたひかりは背後の洗濯機に強か腰をぶつける羽目になった。けれど不思議と、そんな痛みも感じない。

そのまま何事もなかったような風情で園を出ていく瑚條の後ろ姿を呆然《ぼうぜん》と見送ってから、我に返ったひかりは叫ばずにはいられなかった。

「……さ……最悪だっ！」

よりにもよって、この園を狙《ねら》っているヤクザに目をつけられてしまった。挙げ句、会ったその日に唇を奪われるなんて、これが人生最悪の日でなくてなんだと言うのだろう。とどめに相手は自分と同じ男ときている。

（神様！　俺が何か悪いことでもしたんでしょうか⁉）

泣く泣く自分の唇を袖口《そでぐち》で乱暴に拭って、ひかりは力ない足取りで園舎に戻っていく。

まさかヤクザの若社長に、立ち退きと引き換えにつき合えと脅されたなんて、恐ろしくて園長夫妻には言えなかった。

◆◇◆

翌日から、瑚條たちは土地に関する話し合いと銘打って、毎日のようにヒカリ幼稚園を訪れるようになった。

瑚條ひとりで来ることはなく、常に背後に二、三人黒服の男たちを従えている。

どう見ても堅気ではない男たちがゾロゾロと園内に入ってきたら、嫌でも人目を引いてしまう。おかげで最近は園児を預けている保護者たちから非難の声が上がっていた。園内にあんな柄の悪そうな男たちが出入りしているのはどういうことだ、もしかするとヒカリ幼稚園はサラ金にでも手を出したのではないかと、不名誉な噂《うわさ》まで立つ始末だ。

元来ヒカリ幼稚園は国の認可を得ていない無認可の幼稚園で、法的保護がない分とても立場が弱い。当然国からの援助もなく、運営が保護者の信頼の上になり立っているヒカリ幼稚園にとって、ヤクザが頻繁に出入りするというのは致命的なことだった。最近は必死の弁解を続けるひかりたち職員に向けられる父母の目も心なしか冷たい。

それにひかりは、もうひとつ頭痛の種を抱えている。

今日も今日とて、その種がやってきた。

「ひかり先生ー」

園児たちが昼寝をしている間に園の菜園に水を撒《ま》いていたひかりに、間延びした男の声がかかる。もう振り返るのも嫌だけれど無視するわけにもいかなくて、ひかりはホースを持ったまま声のする方を振り返った。

あわよくば水くらいかけてやろうと思っていたのだけれど、声の主である瑚條は憎たらしいくらいの反射神経で水を避《よ》け、菜園を囲う柵《さく》の向こうで軽く片手を上げた。

「こんな所にいたんですね。探しましたよ」

探さないでくれ、隠れていたんだと心底言いたい。ひかりは軽い会釈だけ返すと瑚條に背を向け、水遣りを再開する。

最近では園長夫妻と瑚條たちの話し合いに、ひかりだけでなく他の職員たちも同席させてもらえない。込み入った話が多いからとかなんとか言って、瑚條の連れてくる黒服の男たちに体よく応接間の入口で追い返されてしまう。

人の好い園長夫妻がヤクザ相手にきちんと話し合いなどできているのかと、ひかりはやきもきしっぱなしだ。

「ひかり先生、そろそろ俺とつき合う気になりましたかー？」

その上この男は、こうして毎日のようにひかりを口説いてくる。

「冗談じゃありません」

今日も振り返りもせず素っ気なく振ってみるが、瑚條がめげる様子はない。この人どこまで本気なんだと、ひかりも瑚條の真意を測りかねるばかりだ。

もしかすると、これは新手の嫌がらせなのか。ひかりはそんなふうにも考えてみる。園長夫妻よりよほど一筋縄ではいかないひかりを、先にここから追い出すための手段なのではないか。それならば、これまでの瑚條の言動にも納得がいった。

「ところで、ひかり先生は毎日この幼稚園に来ているんですね。今日は土曜日だから、もしかすると会えないかと思ってました」

こんな人にうっかり騙《だま》されないようにしようとひかりが決意を新たにしているのも知らず、瑚條はスーツの胸ポケットから煙草の箱を取り出す。

何度園内は禁煙だとひかりが言ってもこの男は聞こうとしない。それでも、携帯灰皿を持ってくるようになっただけまだマシなのかもしれないが。

今日もなんの悪気もない顔で煙草に火をつける瑚條にそっと溜息《ためいき》をついて、ひかりは菜園に水を撒き続けた。

「俺が毎日ここにいるのは当然です。この園に住み込んでいるんですから」

珍しく答えを返してやると、目の端で、瑚條が少し驚いたような顔をするのがわかった。

「あれ、でもひかり先生、ここの園長先生の息子《むすこ》さんじゃありませんでしたよね？」

「ありません。俺の両親は二人とも他界しています」

短い沈黙が訪れた。二人の間を五月の風が吹き抜けて、菜園に芽吹いた苗がいっせいに揺れる。

「……園長夫妻とは、親戚関係か何かですか？」

ほんの少し声を改めた瑚條に問われ、ひかりはゆっくりと首を横に振った。

「まったくの他人です。路頭に迷った俺を、あの人たちが拾ってくれたんです」

再び沈黙が辺りを包む。あまりに静かなので振り返ってみると、瑚條が火をつけたばかりの煙草を携帯灰皿に押しつけているところだった。

「ねぇひかり先生、俺に先生の身の上話を聞かせてくれませんか」

携帯灰皿をぱちんと閉じて、瑚條は笑って尋ねてくる。その言葉に、いつも吸うなと言われている煙草を消したんだからいいでしょう、という子供のようなねだる響きがあるのに気づいて、仕方なくひかりは口を開いた。

根っから子供が好きなひかりは、この男が時折見せる妙に子供っぽい仕種《しぐさ》に弱い。ヤクザのくせに、と毒づいてみても、そのギャップがますますひかりを甘くしてしまう。

「父親が死んだのは、俺が三歳のときです。だからもう、父のことはよく覚えてません。母は女手ひとつで俺のことを育ててくれました。でも俺が高校二年のときに過労で倒れて、それっきりです。母は病院から帰ってくることもなく、父と一緒のお墓に入りました」

なるべく感情的にならぬよう、ひかりは淡々と続ける。

「両親共に兄弟はいなくて、祖父母も随分前に亡くなっていました。頼る親戚もいなくて、高校を中退してふらふらしていた俺を、ここの園長先生が拾ってくれたんです」

高校を中退してから半月が過ぎた頃、職を見つけることもできず途方に暮れていたひかりは、気まぐれに職安から家に帰る途中の駅に降り立って、この幼稚園を見つけた。

自分と同じ名前をいただいた幼稚園の中では無邪気な子供たちが楽しそうに遊んでいて、自分にも、あんな時代があったのかと思ったら急に泣けてきた。

両親はいない。高校も辞めて、職も見つからない。これから自分は一体どうなるのだろうと、絶望にも似た気分を噛《か》み締めて俯《うつむ》いたひかりに声をかけてくれたのが、園長だった。

『どうしました。何を泣いているんですか？』

母親が死んでから、久方ぶりに他人からかけられた優しい声に弾《はじ》かれたように顔を上げると、そこに園長が立っていた。

『何か悲しいことでもありましたか？　よろしければ、少し落ち着くまで園で休んでいかれてはどうでしょう。温かい飲み物でも入れてあげますよ』

そう言って、正門のフェンス越しに園長はひかりに向かって穏やかに微笑んだのだ。

自分に向けられる笑顔がどうしようもなく優しくて、母親の葬儀以来、初めてひかりは声を上げて泣いた。自分が思っていたよりずっと自分は不安で、優しさに飢えていたのだと、そのとき初めて気がついた。

「園長先生は、働き口がないと言った俺にここで働かないかと言ってくれました。ここは無認可の幼稚園だから、俺のように教員資格のない人間でも働くことができます。夜は、親が迎えにこられない子供たちが泊まるこの幼稚園で、ちょうど男手が欲しかったと園長先生は言ってくれました」

もともとは、このヒカリ幼稚園もきちんと国の認可を得ていたのだそうだ。けれど、認可幼稚園は国からの規制が何かと厳しい。深夜まで園を開けたり、子供たちを宿泊させたりすることができないのだ。

夜に働く母親や、どうしても子供を迎えにこられない親のために二十四時間開かれた幼稚園を作ろうと、園長夫妻は自ら国の認可を取り下げた。そのために、国からの補助金が得られなくなることも承知の上で。

その話を園長夫人から聞いたとき、ひかりは一生この人たちについていこうと思った。この人たちと一緒に、この幼稚園で働いていこうと心に決めた。

「だから俺はずっとここにいるんです。他《ほか》に行く所も、行きたい所もありません」

だから貴方たちにこの土地は渡しません、と、そう釘《くぎ》を刺すつもりだった。それなのに、それきりひかりは言葉を失ってしまう。

いつの間に菜園の中に入ってきたのだろう。音もなくひかりの背後に立った瑚條が、その長い腕でひかりを抱き竦めていた。

「こ、瑚條さ」

「そんな大変な生活に耐えてきたなんて、偉かったですね、ひかり先生」

それは、思いがけなく優しい声だった。

鼻先を、瑚條がいつも吸っている煙草の匂《にお》いが掠《かす》める。途端に、胸の奥の方がぎゅうっと収縮するような錯覚にひかりは陥った。自分より大きな体に抱きしめられ、ひかりはとっさにその腕を振りほどけない。

思えば、こんなふうに瑚條に抱き寄せられたのは初めてだ。瑚條は出会ったその日にキスをしてくるようなとんでもない男だったが、あれ以来、強引にかき口説かれるばかりでまともな身体接触はほとんどなかった。

「……ひかり先生は、思いの外辛《つら》い境遇を歩んできた人だったんですね……。子供たちと遊んでいるときの笑顔があんまり明るくて屈託がなかったから、もっと平穏な人生を送ってきた人かと思ってました」

瑚條がひかりの肩口に顔を埋《うず》めたせいで、耳のすぐ側《そば》で低い声が響く。そんなことにひどくうろたえて瑚條の腕をほどこうとしたひかりだったが、下手に抵抗したせいで余計強くその腕に囲われる羽目になってしまった。

「それとも、そんなに淋《さび》しい生活を知っているから、先生が子供に向ける笑顔はあんなに優しいんですかね……？」

言葉の途中で、故意か偶然かはわからないけれど瑚條の乾いた唇がひかりの頬《ほお》を掠め、ひかりは本気で悲鳴を上げだ。

「うわーっ！　瑚條さん瑚條さん！　俺本当にホモじゃないんですっ！」

「俺だってホモじゃないって言ってるでしょう」

　そこでようやく瑚條の腕が離れて、ひかりは足をもつれさせながら瑚條を振り返った。

「ホモじゃないなら男の身で俺みたいな男を抱きしめたりしないでください！」

「ひかり先生を見ていると、不思議と男同士ということを超越した気分になるんです」

　それは一体どんな気分だと訊くことすら憚《はばか》られ、ひかりはただ大きく首を横に振ることで拒絶の意思を明確にする。

「そうですか。それは残念だ」

　ちっとも残念そうな素振りは見せずにそんなことを言いながら菜園を出た瑚條は、帰り際、ひかりを振り返ってこう言った。

「でも先生、抱きしめられるのもそれほど嫌な気分じゃなかったでしょう」

　にっこりと微笑んでとんでもないことを言う瑚條に、ひかりは勢いよく水の出るホースの口を向けた。

「馬鹿言わないでください！　力一杯嫌でした！」

「そのわりにはそれほど抵抗された気はしませんでしたねぇ」

　身軽な動作でひらりと水をかわすと、瑚條は笑いながら菜園を後にしてしまった。

　ひとりになった菜園で、ひかりはまだ水を出し続けるホースを摑んで俯いた。

　瑚條に抱きしめられて、抵抗しなかったのは驚きすぎて動けなかったからだ。それに、自分よりも一回りも大きな体に抱き竦められた自分が、ひどく小さくなった気がした。

（お父さんって、あんな感じかな……）

瑚條が聞いたら、俺はそんなに老けてません、と真顔で反論されそうなことをひかりはぼんやり考える。

それでも、三歳のとき父を亡くしたひかりにとって、父親は想像の中でしか接したことのない人物で、子供の頃からずっと憧《あこが》れていた存在だ。

（……温かかった、な）

自分の背中に押しつけられた瑚條の広い胸の感触はまだ鮮明に残っていて、なんだかざわざわと胸が疼《うず》いた。

と同時に、頬を掠めた瑚條の唇の感触さえ思い出し、ひかりはカッと頬を赤くした。

（あぁっ！　でもやっぱり俺、ホモじゃない！）

ぞわぞわと背筋を這《は》う妙な感覚を振り払うように、ひかりは勢いよく菜園に水を撒いた。

◆◇◆

その夜、ヒカリ幼稚園には泊まりの園児が三人いた。

園児が寝泊まりするのは畳敷きの八畳間で、そこに小さな布団を並べて園児たちは眠っていた。子供たちの他に、園内にはひかり以外の大人はいない。

ひかりはいつも、子供たちを寝かしつけると隣の部屋で眠る。畳敷きの六畳の部屋がひかりに宛《あ》てがわれた私室だ。部屋の中には小さな和箪笥《だんす》と、折りたたみ式の脚の短いテーブルに数冊の本くらいしかものがない。同年代の若者と比べれば圧倒的にものの少ないこの場所が、ひかりの唯一の個人的な空間だった。

その日、子供たちを寝かしつけてから床についたひかりは、真夜中にふと目を覚ました。時計を確認するとまだ深夜の二時を過ぎたところだ。どうしてこんな時間に目を覚ましたのかと布団の中で目を擦《こす》っていると、なんだかやけに外が騒がしい。

何事かとスウェットの上下を着たまま外に出てみると、園の外に消防車が停まっていた。見れば園の正門の前には数人の消防士と警察官が集まっている。

「な、何かあったんですか！」

慌てて正門に駆け寄ると、警察官のひとりがひかりに気づいて敬礼をした。

「この幼稚園の方ですか」

「は、はい……」

「実は今、この園の裏門で小火《ぼや》がありまして」

ギョッとするひかりの前で、さらに信じられない言葉は続く。

「それもどうやら、放火らしいんです」

起きがけの頭で、それでも事の重大さを理解してひかりは息を飲んだ。気が動転してしまいそうになるのを無理やり堪《こら》え、ひかりは詳しい状況を尋ねる。

「それが、近隣の住民からこの園の裏門でこそこそと何かしている不審者がいると先に警察に通報が入ったんです。それで駆けつけたのですが、そのときにはもう裏門から煙が上がっていて……」

目下のところ、その不審者が放火と関《かか》わっているのではと警察は推測しているらしい。

「それでですね、その住民が見た不審者というのが、派手な柄シャツを着た、パンチパーマのヤクザっぽい男だったという話なんですが、何か心当たりはありませんか」

警察官が手元の手帳を見ながら口にした言葉を聞いて、ひかりは絶句した。

ヤクザ。ヤクザといったら、もう思い当たるものはひとつしかない。

（……アイツらだ！　とうとう嫌がらせが高じて、園に火をつけやがった！）

頭の中で、瑚條が高らかに笑う声が響き渡る。これは絶対、瑚條たちの嫌がらせだ。ただでさえ毎日のように園に顔を出す瑚條たちに保護者からの苦情が絶えなかったというのに。

（アイツらとうとうヤクザの本性見せやがった！　こうなったらもう徹底抗戦の構えで迎え撃ってやる！）

ひかりの奥歯がぎりっと鈍い音を立てる。目の前の警察官の存在も忘れて拳を固めたひかりは、ひとりめらめらと報復の炎を燃やしていたのだった。

翌日、ひかりは朝から瑚條が来るのを手をこまねいて待っていた。

小火があった裏門は、鉄の門扉とコンクリートの床が少し焦げたくらいでそれほど大きな損害があったわけではないが、昨日の夜のうちに警察には黒龍会の人間が怪しいと言ってある。瑚條が来たら開口一番そう言ってやる、と掌《てのひら》を握り締めるひかりの元に、園児を送りにきた母親が近づいてきた。

「ひかり先生、あの……」

「あ、梓《あずさ》ちゃんのお母さん、おはようございます」

内心瑚條たちに対する憤怒で腸《はらわた》が煮えくり返りそうになりながらも、なんとか平生の笑顔を浮かべて母親に挨拶《あいさつ》をする。するとなぜか、相手からは戸惑ったようなギクシャクとした会釈が返ってきた。

「あれ、どうか、しましたか?」

さすがに何かおかしいとひかりがその顔を覗き込もうとしたら、突然母親ががばりと頭を下げてきた。

「あの、うちの子、今月一杯でこの園を辞めさせてもらえませんか!」

突然の申し出に、ひかりは絶句して立ち竦む。母親は申し訳なさそうに続けた。

「あの、最近この園には、なんだか柄の悪そうな人たちが出入りしているし、昨日も夜に小火があったと聞きました……。子供を預けるのに、それでは、心配で……」

その言葉に、とっさにひかりはなんの返答も返すことができなかった。可愛《かわい》い我が子を預けるのに、ヤクザが出入りしたり放火が起こったりするような幼稚園は危険すぎるという母親の言葉はもっともだったからだ。

引き止める術《すべ》もなく、ひかりはただ、園長ともう一度話し合ってみてくださいと言うことしかできなかった。

そしてふつふつと湧《わ》き上がるのは、瑚條に対する怒りだけだ。

園の運営が保護者からの毎月の月謝のみで賄われている以上、いっぺんに大量の園児が辞めていったらヒカリ幼稚園は運営を停止せざるを得ない。

(……最低だ！　ここまで見越して嫌がらせをしてたんだったら幾らなんでもやり方が卑怯《ひきょう》すぎる！　あんな奴、少しでもいい人だなんて思ったのが間違いだったんだ……！)

瑚條は真摯《しんし》な目をしてひかりの身の上話を聞いてくれたと思ったのに。

『偉かったですね、ひかり先生』

そう言った声は、ほんの少し優しく感じたのに――……。

(もう絶対、アイツの顔面ぶん殴ってやる！)

一抹の淋しさを怒りにすり替えて、ひかりは強く拳を握った。

力を入れすぎて掌に食い込む爪《つめ》が、ほんの少しだけ、痛かった。

正午近くになって、ヒカリ幼稚園の前に一台の黒いベンツが停まった。

（来た！）

車を確認するなり、ひかりは園の正門に向かって走り出す。

（あの綺麗《きれい》な顔が不細工になるくらい力一杯ぶん殴ってやる！）

心の中でそう誓って正門へ走っていくと、遠目に瑚條が園内に入ってくるのが見えた。

あの高い鼻ごとへし折ってやる、と拳を作ったひかりがゴキッと指を鳴らしたそのとき、ひかりよりも早く瑚條の元に駆け寄る人影があった。

「おじちゃん今日も来たの？」

黒龍会傘下の若社長を捕まえておじちゃんと言い放ったのは、ヒカリ幼稚園の園児、悪戯《いたずら》好きのタツミだった。

子供に呼び止められて瑚條の足が止まる。遠目からではわからないが、あの若さでおじちゃん呼ばわりされた瑚條は確実にムッとしているに違いない。慌ててタツミを止めようと足を速めるひかりだが、その間に事態は一層悪化していく。

「おじちゃん背が高いな！　ねぇ、肩車してよ！」

あろうことか、タツミは若社長に肩車をねだった挙げ句、泥で汚れた手でいかにも高そうなスーツの裾《すそ》を摑んだのだ。

（うわぁっ！　タツミが蹴《け》り殺される！）

慌てすぎて足をもつれさせるひかりは本気でそう思った。だって相手は園児の寝泊まりする幼稚園に火をつける冷血漢だ。間違いなく、スーツを汚したと言って子供を血祭りに上げるに違いない。

瑚條が、身を屈めてタツミに手を伸ばす。

（ぶ、ぶん殴られる……っ！）

羽があったら飛んでいけるのにと半ば本気で思ってしまうほど気の急《せ》いていたひかりは足元の段差に気づかず、その場ですっ転ぶ羽目になった。ところが。

「仕方ないな。一回だけだぞ」

聞こえてきたのは笑いを含んだ瑚條の声で、直後園内に響いたのは子供の泣き声ではなく、はしゃいだ笑い声だった。

地面に倒れ込んだまま、ひかりは恐る恐る顔を上げる。

見上げた先にあったのは、長身の瑚條の肩に乗せられたタツミの姿だ。

「あれ、ひかり先生じゃないですか」

タツミを肩に乗せたままで、瑚條がこちらに近づいてきた。

「転んだんですか。大丈夫ですか？」

右手で肩に乗せたタツミを支え、左手で転んだ自分に手を差し伸べる瑚條を見上げ、ひかりは呆然とその手を取った。そんな二人の周りに、続々と子供たちが集まってくる。

「おじちゃん、僕も僕も！」

「私も、おじちゃん」

わらわらと寄ってきては汚い手でスーツの裾を摑む子供たちを振り払うでもなく、瑚條は笑って、順番順番、と次々に子供たちを肩に担いでいく。その姿を、ひかりはまじまじと見詰めてしまった。

「どうかしましたか？」

お下げを結った小さな女の子を肩に担ぎながら、瑚條がひかりに声をかける。それでようやく我に返って、ひかりは口ごもりつつも答えた。

「あ、あの……瑚條さんが子供に優しいのが、なんか意外で……」

しどろもどろになるひかりを見下ろし、瑚條がくすりと笑う。

「惚《ほ》れ直しましたか」

「な……っ……」

「こう見えても、子供は嫌いじゃないんです」

ひかりの言葉を遮るように言って、瑚條は肩に乗せた少女に笑いかけた。ヤクザ者とは思えない、意外なほど優しい横顔に、わけもなくひかりは胸を詰まらせる。

（お、おかしいな……どうして園に火をつけるような人がこんな顔するんだろう……）

瑚條のダークグレーの髪を物珍しげに撫《な》でる少女に笑いかけるその表情は、とても作り笑いには見えない。

瑚條が来たらまずその顔面に拳をめり込ませてやろうと思っていたはずなのに、そんな顔をされたら怒りも引いてしまう。むしろ、本当にこんな人が幼稚園に火をつけようとしたのだろうかと、疑わしくさえ思えてきた。

ここは思い切って本人に訊いてみようか。戸惑いながらひかりがそう思ったとき。

「ひかりセンセー！」

遠くで誰かが自分の名を呼ぶ声がした。見れば、園の片隅に植えられた木の上にタツミが登っている。

「先生ほら見て！　俺ここまで登れた！」

大人の目線と同じくらいの高さまで枝葉を伸ばした木に登ったタツミが、こちらに向かって誇らし気に手を振る。

普通なら、子供の体格では決して登れる高さではないのだが、その木のすぐ側には横に寝かせた土管が置いてある。普段は土管の中に入って子供たちが遊んでいるが、その上に登って枝に足をかければ、タツミのような園児でも木に登ることが可能だ。

「こらタツミ！　危ないから木に登っちゃいけないっていつも言ってるだろう！」

声を張り上げ、ひかりはタツミの元に駆け寄った。タツミはいつもこうだ。自分に構って欲しくなると、こうしてひかりが禁止することを敢えてやってみせる。

「大丈夫だよ！　俺もっと上まで登れるもん！」

調子に乗ってタツミがさらに上の枝に手をかける。そのとき。

ズルッと、タツミの足が太い枝の上を滑った。一瞬で、小さな体が大きく傾く。

「タツミ！」

周りから悲鳴が上がる。慌てて走る速度を上げたひかりの横を、何かが物凄《ものすご》い勢いで追い越した。

「こ、瑚條さん……っ……」

走るひかりを途轍《とてつ》もないスピードで追い抜いたのは瑚條だ。そして、ひかりだったら到底間に合わなかっただろう速度で木の下に駆け込むと、一杯まで手を伸ばして落下するタツミの体を受け止めた。

ところが、あまりに走る速度が上がりすぎたのか、瑚條はタツミを受け止めた後も止まることができず、そのまま木の下の土管に体ごと突っ込んでしまう。

「瑚條さん！　タツミ！」

叫んで、ひかりは二人の元に駆け寄った。園の入口でこちらの様子を窺っていた瑚條のおつきの者たちも異変に気づいたのだろう。黒い塊が弾丸のような速さで駆けてくる。

「瑚條さん！　大丈夫ですか！　タツミは⁉」

駆け寄ってみると、タツミは何が起こったのかわからない様子で瑚條の胸にしっかりと抱

きしめられたままだった。どこにも怪我《けが》をした様子はない。

ほっとしたのも束《つか》の間《ま》、タツミを抱きしめたまま地面に倒れ込む瑚條を見て、ひかりは悲鳴に似た声を上げた。

「こ、瑚條さんっ！」

倒れたときに土管にでもぶつけたのか、瑚條の額からは鮮血が流れ、整った顔の右半分を赤く汚していた。その上瑚條は、目を閉じたままぴくりとも動かない。

「瑚條さん！　瑚條さん！」

「何事です！」

必死で瑚條の名を呼ぶひかりの元に、組員たちも寄ってきた。

「わ、若！」

「大変だ、若が……！」

「救急車を呼べ！」

瑚條と共に呆然と地べたに座り込むひかりの傍らで、組員たちがてきぱきと適切な処置を施していく。その間瑚條は一度も目を開くことも、身じろぎすることすらなかった。

「こ……瑚條さん……」

呟いた自分の声が震えている。

周囲の喧騒をよそに、ひかりは随分長いこと瑚條の側から離れることができなかった。

その後、瑚條はヒカリ幼稚園から救急車で病院へ運ばれた。救急車には組員が一名と、ひかりも一緒に乗り込んだ。ヒカリ幼稚園にはひかりの他に、昼間は二人の幼稚園教員がいるので、子供たちのことはそちらに任せて飛び出してきた形だ。

診察の結果、瑚條は軽い脳震盪《のうしんとう》を起こして気を失っているだけだということがわかった。額が割れて少々出血したが、傷口を縫うほどのものでもなく、目が覚め次第帰っていいというのが医師の診断だった。

病室で医師の話を聞いたひかりは、脱力してそのまま床に座り込んでしまった。

「よ、よかった……」

病室にはベッドに横たわる瑚條と、黒崎《くろさき》という組の者がひとりいる。

黒崎は五十絡みの厳しい顔つきをした男で、これまでも常に瑚條と行動を共にしていた。白髪《しらが》交じりの、組の中でもなかなか権力のありそうな人物だ。

「あの、すみません、こちらの不手際で……」

床から立ち上がると、ひかりは黒崎に向かって丁寧に頭を下げた。対する黒崎は、にこりとも笑わずに首を振る。

「いえ、若もじきに目が覚めるようですし、そちらのお子さんにも怪我はないようで、よかった」

黒崎は、いかにも堅物、といった感じの喋《しゃべ》り方をする。身なりもきっちりとしていて、着衣には一切の乱れがない。髪もしっかりと後ろに撫でつけられ、額に落ちる一筋の前髪にさえ隙はなかった。

そんな黒崎を見ながら、ひかりは昨夜《ゆうべ》警察が言っていた不審人物の身形《みなり》を思い出す。派手な柄シャツを着て、パンチパーマをかけたヤクザっぽい男。

(そういえば、瑚條さんが連れてくる人たちの中には、そんなチンピラみたいな格好をした人っていないな……)

警察の話を聞いたときは何も疑問に思わなかったけれど、今になってひかりはそんなことに思い至る。

瑚條と共に園に現れる組員たちは、若い者でも皆きちんとしたダークスーツを着て、園の職員や子供たちに粗暴な振る舞いをすることもなかった。やってくるのは皆、どちらかといえば寡黙にひっそりと瑚條の後ろに控えているような人物ばかりだ。

(もしかして、園に火をつけたのと瑚條さんたちは、関係ないとか……?)

ひかりはそっとベッドで眠る瑚條の顔を覗き込んだ。額に包帯が巻かれている以外は特に外傷もなく、瑚條は穏やかな寝息を立てている。その顔に、園で子供たちと戯れていた瑚條の笑顔が重なった。

とても園に火を放つなんてひどいことをする人には見えなかった。それに、そんな冷血な人間が、こんなふうに自ら怪我を負ってまで子供を守ろうとするとも思えない。

（……瑚條さんの目が覚めたら、きちんと訊いてみよう……）

ひかりが胸の内でそう呟いた瞬間だった。血管が透けて見えるほど白く透き通った瑚條の瞼《まぶた》がわずかに震えた。

「若？」

いち早く、黒崎が身を乗り出して瑚條の顔を覗き込む。その声に反応したのか、瑚條の瞼がゆっくりと開いた。

「――……若」

目を開いた瑚條を見て、黒崎が心底ほっとしたような声を出した。どうやらひかりが思っていたよりずっと、黒崎も瑚條のことを案じていたらしい。

瑚條の瞳が不安定に揺らめく。黒崎の隣からその顔を覗き込んで、ひかりはそろそろと口を開いた。

「あ、あの……瑚條さん……」

それまで定まらなかった瑚條の視線が、ひかりの顔でぴたりと止まった。それが、ゆっくりと移動してひかりの胸の辺りで止まる。

園から慌てて救急車に乗ったひかりは、まだ『ヒカリ幼稚園』とプリントされたピンクのエプロンをつけていた。そしてその胸元には、ひかり、と書かれたネームプレートがつけられている。

「……ヒカリ……ひかり先生」

瑚條の乾いた唇がゆっくりとネームプレートに刻まれた文字をなぞる。それから重た気な瞬《まばた》きをすると、瑚條は緩慢な動きでベッドの上に起き上がった。

「だ、大丈夫ですか、急に起き上がって……」

慌ててその体を支えようとするひかりの顔を、瑚條はもう一度真正面から見詰めてくる。そのまましばらく黙り込んで、瑚條はぼんやりとした目をしたまま口を開いた。

「……そうだ、俺、これから幼稚園に行かないと……」

ひかりの顔を見たまま低く呟いた瑚條に、黒崎がそっと声をかける。

「いいえ若、今日はこのままご自宅に戻りましょう」

「いえ、駄目です。行かなくちゃ。黒崎さん、連れていってください」

瑚條がそう言った瞬間、黒崎の表情が強張った。普段滅多に表情を変えない黒崎だから、その分余計に表情の変化が際立って、ひかりは軽く首を傾げる。今の瑚條の台詞の、何が黒崎を驚かせたのかわからなかった。

「先生」

黒崎を見ていたら、突然瑚條がひかりの服の裾を引っ張った。なんだか子供のようなその仕種に、ひかりも慌てて瑚條に向き直る。

「すみません先生。今日は遅刻になるのでしょうか」

「え？　遅刻って……？」

「できれば、遅れていったことは父には黙っていていただきたいのですが」

瑚條が突然何を言い出したのかわからずひかりが答えを返すせずにいると、その肩を背後から黒崎が摑んだ。

「すみません……若、つかぬ事をお伺いしますが、ご自分の名前と、それからお年を言ってくださいませんか」

ひかりも瑚條も、恐らく同様にきょとんとした顔で黒崎を見たのだろう。それでも表情を揺るがせることなく答えを待つ黒崎に、瑚條も顔つきを改めて答えた。

ごく真面目《まじめ》な顔で、こう言ったのだ。

「瑚條蓮也。四歳です」

……明らかに、見た目とは桁《けた》が違う年齢を言ってのけ、瑚條は硬直する二人を見上げ子供のように小首を傾げた。


その後、頭部強打による記憶の混乱が引き起こした幼児退行ではないかという医師の診断を受けた瑚條の病室前は、大変な騒ぎになっていた。

「若が、普段私を黒崎と呼びつけにする若が黒崎さんなんて、ご幼少の砌《みぎり》に私を呼んでいた呼び方をするから、まさかと思ったら本当に子供に戻られたとは……！」

「黒崎さん！　早く会長に連絡を……」

「馬鹿を言え！　そんなことをしたら若が殺されてしまうだろうが！」

ここが病院だということも忘れ、黒崎と数名の組員たちが大騒ぎしている様子を、ひかりは半ば呆然と見守ることしかできなかった。

確かに、瑚條がここ二十数年の記憶を失い、唐突に心だけが四歳児に戻ってしまったとわかったときはひかりも驚いた。けれど何もここまで我を失って混乱するほどでもないのではないだろうか。目の前で何が起こっているのかわからないひかりは、ただ漫然と黒崎と組員たちのやり取りを見ている他ない。

「いいかお前たち！　若がこんな状態になったことは、死んでも会長には隠し通せ！　その間若の仕事はすべて私が代行する！」

「で、でも黒崎さん、あの状態で若を家に帰したらすぐ会長にばれてしまうのでは……」

若い組員が、おろおろと瑚條のいる病室を指差して言った。その言葉に、黒崎も苦虫を噛み潰《つぶ》したような顔になる。

「どこか、若が安全に身を隠せるような場所は――……」

一瞬辺りに沈黙が訪れる。病院が本来の静けさを取り戻した次の瞬間、黒崎の弾けるような声が廊下に響き渡った。

「そうだ！　先生の幼稚園だ！」

忘れ去られたと思っていた自分の存在が急に浮上して目を瞬かせたひかりの元に、必死の形相をした黒崎が駆け寄ってくる。

「先生！　若が元の状態に戻るまで、そちらの幼稚園に匿《かくま》っていただけないでしょうか？　確か、夜間もそちらの幼稚園は子供を預かっていましたね？　園児たちと一緒に、どうか是非……！」

切羽詰まった様子で詰め寄られて、ひかりは慌てて黒崎の言葉を遮った。

「ま、待ってください！　俺、全然話が見えないんですけど、どうして自宅に帰しちゃいけないんです。それに瑚條さんを匿うって、誰から匿うんですか？」

ひかりの言葉でようやく我に返ったのか、黒崎はひかりから体を離し、少し言い難《にく》そうに視線を泳がせた。

「匿うというのは、会長……若のお父上からです……」

「ど、どうして実の父親から息子を隠さなくちゃいけないんです」

そういえばさっき、殺されるとかなんとか物騒な言葉も飛び出していたようだが。

ひかりが不審な眼差《まなざ》しを向けると、黒崎はしばらくためらうように黙り込んだものの、何かを決心したのか、ゆっくりと口を開いた。

「会長は、とても厳しい方なのです。五体満足な男に生まれたからには働かないのは悪だと、普段口を酸っぱくして組の若い衆にも言っております。実際、若は成人されてから一日も、仕事をなさらなかったことはありません」

休日祭日関係なく、それこそ馬車馬のように働いてこれまできたのだと黒崎は言った。その姿が傍《はた》から見てもあまりに不憫《ふびん》だったのか、過去を語る黒崎の目元にはうっすらと涙まで浮かんでいる。

「そんな厳しい方ですから、もしも今この状況が知れて、若は仕事ができないと会長に知れたら、殺されかねません……！」

「そ、そんな、だって、仕方ないじゃないですか！　記憶喪失って、病気みたいなものなんですから……」

「会長はそんな理屈が通用する方ではないのです！」

今度こそ本当に、黒崎の頰に涙が光った。

「若が小学生の折、インフルエンザで学校を休まれたときも、怠惰だと言って日本刀で若を斬りつけようとした方なのです！」

……それはれっきとした虐待なのではないだろうか。

ひかりはなんだか段々、そんな父親を持った瑚條も、そんなクレイジーな人物の下で働く黒崎以下組員たちも不憫になってきてしまった。

「組の仕事は四歳児の知能でどうにかなるような代物ではありません。ここは若の容態が改善されるまで、どうしても会長の目から隠しておかなくてはならないのです」

黒崎を筆頭に、黒い塊と化した男たちがいっせいにひかりに向かって頭を下げる。

「お願いします先生！　どうかしばらくの間、若を匿ってくださいませんか！」

――……どう見ても堅気ではない強面集団にこんなふうに頭を下げられて、その要求を断れるツワモノが一体どこの世界にいるのだろう。

結局、その日からヒカリ幼稚園は、押し切られるように黒龍会の若社長を預かることになったのだった。

◆◇◆

園長の承諾を得て瑚條を預かることとなったその翌日。ひかりは園の台所で園長夫人と朝食を作っていた。

ヒカリ幼稚園では、泊まりの子供とひかりと園長夫妻が揃《そろ》って朝食と夕食をとっている。食事を作るのは、大抵ひかりと夫人の仕事だ。

「ひかり先生、昨日は蓮也さん、きちんと眠れたようかしら？」

味噌《みそ》汁の入った鍋《なべ》をかき回しながら夫人がおっとりとした口調で問いかけてきて、ひかりは、はぁ、となんとも気の抜けた声を出した。

「昨日は子供たちと同じ部屋で寝てもらいましたけど、布団に入ったらすぐ眠ってしまったみたいですよ……」

「あらよかったじゃない。寝つきの悪い子は大変だもの」

コロコロと笑う夫人に、ひかりはやはり、はぁ、と覇気のない返事をした。

だってどうしても違和感があるのだ。園長夫妻はすっかり瑚條のことを園児とみなして、蓮也さん、なんて呼んでいるけれど、その見た目はどうしたって立派な成人男性だ。一体どこまで園児として扱っていいのか、今ひとつひかりにはわからない。

朝食ができると、それを幾つかの膳《ぜん》に盛ってひかりと夫人は園長室へ向かった。

園長室は畳敷きの部屋で、いつもそこに卓袱台《ちゃぶだい》を出して皆で食卓を囲む。

「ご飯の支度ができましたよ」

夫人の明るい声と共に湯気の上る朝食が園長室に運び込まれる。園長室ではすでに園長と昨日泊まった二人の園児、それから瑚條が卓袱台を囲んで待っていた。

「いただきまぁす!」

「はい、たくさん召し上がれ」

子供たちの賑《にぎ》やかな声と、園長夫人の優しい声が重なる。いつもと同じ、和やかな食卓の風景——と言いたいところだが、やはり瑚條の存在は異彩を放っている。

ひかりは丸い卓袱台の、瑚條と向かい合う場所に腰を下ろし瑚條の様子を窺った。

瑚條は自分がここにいることの不自然さにはまったく気づいていない様子で、ただ黙々と食事を続けている。しかもきっちりと正座をして、足を崩そうともしない。背筋は真《ま》っ直《す》ぐに伸びていて、茶碗《ちゃわん》はしっかりと手に持っている。

（……これで本当に四歳児か……？）

行儀がよすぎる瑚條に、ひかりは微かな不審感すら覚えてしまった。普段自分が接している子供たちと目の前の瑚條は、随分かけ離れている。

「蓮也さん、ご飯は足りているかしら？」

「はい、十分です」

（敬語だしなぁ……）

昨日からずっと思っていたのだけれど、瑚條は誰に対しても敬語を崩さない。普通、四歳くらいの子供だったら、日常的に敬語を使うことも少ないはずなのに。

（まさか俺たち、瑚條さんに一芝居打たれてたりして……）

しかしそんなことをしたところで瑚條になんのメリットがあるのだと聞かれればなんのメリットもあるはずはなく、結局ひかりは、この人変な子供だったんだな、という結論を出すしかなかった。

午前九時を過ぎると、ヒカリ幼稚園に園児たちが続々とやってくる。俄《にわ》かに騒がしくなった園の中で、ひかりは外に出て子供たちと遊んでいた。

今日は子供たちの多くが砂場に集まって遊んでいる。誰が言い出すともなく、いつの間にか皆で大きな砂の城を作ろうという計画が持ち上がっていた。城の周りには堀を作って、敵が攻めてきても大丈夫なように堀に水を流そう。そんな話を楽しそうにする子供たちを穏やかな目で見守っていたひかりは、ふと瑚條の存在を思い出して辺りを見回した。

そういえば、朝食以来瑚條の姿を見ていない。あれだけ大きな図体の男がいれば、嫌でも目立つはずなのに。

（まさか園の外に出ていったわけじゃないよな）

まさかとは思いながらも、ひかりは慌てて園舎の中を覗き込んだ。すると案外すぐに瑚條は見つかって、ひかりはほっと肩の力を抜いた。

瑚條は絵本がたくさん置かれた図書室にいた。といっても、決してそこで本を読んでいたわけではない。小さな部屋の隅で、ただ膝を抱えてひとりでぼんやりとしていた。

普段は黒いスーツをかっちりと着込んでいる瑚條だが、今は動きやすい上下組のジャージを着ている。今朝《けさ》方黒崎が持ってきてくれたもので、色はやはり黒。シンプルなデザインだが、美形が着るとやけに格好よく見えた。

見慣れない服装をしているせいか、なんだかいつもと雰囲気の違う瑚條に、ひかりはほんの少しだけ声をかけるのをためらう。

「……瑚條さん……？」

ひかり

運動場から直接図書室に上がり込んで声をかけると、瑚條はどんな表情も作らぬまま、ゆっくりとひかりの方を向いた。普段、目が合うたびに不敵な笑みでひかりを口説いていたのが嘘《うそ》のように生気のないその無表情に、ひかりは一瞬息を飲む。

「こんな所にひとりで、何をしているんですか……?」

おっかなびっくり重ねて声をかけてみる。それに対して瑚條はゆるりと首を振って、何も、と答えただけだった。

それは、驚くほど感情の乏しい反応だった。ここへ入園したばかりの園児の中にも反応の悪い子供はいるけれど、こんなに冷め切った目をする子供は滅多にいない。

少なくとも、これは今までの瑚條ではない。そう悟ったひかりは、膝を抱える瑚條の傍らにゆっくりと腰を下ろした。

「こんな所にいないで、外で皆と一緒に遊びませんか?」

とりあえず瑚條を四歳児と仮定し真正面から目線を合わせて言ってみると、ひかりから目を逸《そ》らし無言で首を振ることで、瑚條はきっぱりとそれを拒否した。けれど、そんなことでへこたれるようなひかりではない。これでも園に勤めて三年目。扱い難い園児など、これまで何人も面倒をみてきた。

「今日は皆で砂場に大きなお城を作ってるんですよ。お城の周りには堀を作って、そこに水も流し込むんです」

凄いでしょう、と言って、ひかりは他の園児たちにそうするように、にっこりと笑った。

よく考えたら、瑚條に向かってこんなふうに笑いかけるのは初めてだと思いながら。

瑚條は一瞬黙り込んで、それからまた、先程よりは緩慢な動作で首を振った。

「いえ、泥遊びをすると、服が汚れますから……」

「何言ってるんですか、服くらい……」

「汚れると、父に叱《しか》られます」

そのときの、瑚條の表情の変化をひかりは見逃さなかった。父親の話をするとき、瑚條の顔がほんの少し強張ったのだ。

(本当にお父さんが怖いんだ……)

とっさに、そう思った。と同時に、この人本当に四歳に戻ったんだ、とも重ねて思う。

(だったら俺は——……この人のこと、四歳児として扱おう)

その瞬間、ひかりは瑚條を子供と見なすことを決心した。そうと決まれば、話は早い。

「瑚條さん、やっぱり外で遊びましょう」

「でも、服が……」

言い淀《よど》んだ瑚條の手を取って、ひかりは弾けるような笑顔を見せた。

「大丈夫、服が汚れたら、お父さんにばれないように俺が洗濯してあげます」

そんなひかりの笑顔を見て、瑚條はひどく驚いたような顔をした。一杯まで目を見開いたその表情は、なんだか今までの瑚條からは想像もつかないほど子供じみていて、ひかりはこっそり吹き出してしまう。

「ほら、早く行きましょう」

瑚條の手を引いて、ひかりは運動場に飛び出す。その後を、引きずられるように瑚條もついてくる。

狭い運動場の、青い空の下、体格のいい男二人が園児の中に飛び込んでいく。

そんな二人の姿を、室内にいた園長が見つけて楽しそうに妻を呼んだ。

「始まりましたよ、ひかり先生の課外授業が」

その言葉に、園長夫人も窓辺にやってきておっとりと目を細めた。

「本当、ひかり先生もう吹っ切れたのね。蓮也さんのこと、すっかり子供扱いしてるわ」

「彼もすっかり、先生のペースに巻き込まれてる」

窓の向こうには、砂場で大騒ぎをする子供たちとひかり、それからその中でもずば抜けて背の高い瑚條の姿がある。

「若社長は随分と厳しい目をしていたからどうなるかと思ったけれど、ひかり先生がしっかり面倒をみてくれるようだね」

園長が楽しそうに目を細めれば、夫人も我がことのように胸を張った。

「これまでどんな問題児もちゃんと指導してきた優秀な先生ですもの。きっと蓮也さんも、ひかり先生に導かれるわ。光のある方向に」

三年前、この幼稚園の前で子供のように泣いていたひかりは、今ではすっかり信頼される幼稚園教員になっていた。

「ひかり先生も、いつの間にか大きくなった……」

まだ十七歳だった、あどけなさの残るひかりを思い出してしみじみと園長夫妻が呟いていたその頃。砂場は大変な騒ぎになっていた。

「ひかり先生ー、マコト君がアタシのスコップ取ったぁ」

「こらマコト！　道具は順番に使いなさい！」

「先生、目に泥が入ったよぅ」

「ああ、擦ったら駄目だ。早く水道で目を洗ってこないと……」

「先生、先生！」

「今度はなんだ！」

耳に痛いほどの喧騒の中、ひとりがはしゃいだようにひかりの袖を引っ張って指を差す。

「見て見て、あのおじちゃん、凄く一杯土を持ち上げられるの！」

そう言って子供が指差したのは、瑚條だ。瑚條は他の園児に指示されて城の周りの堀を作っていた。さすがに周りの園児たちとは腕力が違う。子供が相当苦労しなければ掘れない深さの穴が、瑚條のスコップ一振りで次々と出来上がっていく。

「すげぇな、オッチャン！　力持ちだ！」

子供たちが興奮した様子で瑚條の周りに集まるのを見て、ひかりは笑みをこぼした。

「こらお前たち、その人はオッチャンじゃなくて、瑚條蓮也さんだぞ！」

「蓮也？」

「蓮也か、カッケェ名前だな」

蓮也、蓮也と自分にまとわりついてくる子供たちに、瑚條はほんの少し、面映《おもはゆ》そうな顔をしている。

「よし！　蓮也がいれば俺たちは無敵だ！　あとはどんな敵が攻めてきても崩されない、どデカイ城を作るぞ！」

おー！　といっせいにあちこちから鬨《とき》の声が上がる。一体子供たちはどんな仮想敵国を想定しているのだろうと思いながらも、ひかりも一緒になって拳を天に突き上げた。

瑚條のおかげで作業は順調に進み、砂場の真ん中には子供の背丈ほどもある大きな山が完成した。山にはトンネルが開通し、その周りを深い堀が囲み、子供たちによるバケツリレーの末、堀に水が通される。

子供もひかりも瑚條でさえも、皆泥まみれで真っ黒だった。最初、服に泥がつくたびうろたえたようにひかりを振り返っていた瑚條も、今ではすっかり泥まみれになって、それに構う素振りすらない。

ふと顔を上げたとき、ひかりは子供に何事か耳打ちされている瑚條を見た。何を言われたのだろう。瑚條は子供と顔を見合わせると、くすりと笑みをこぼした。

（あ、ちょっとだけ笑った）

瑚條の笑顔などもう見慣れたと思っていたのに、今見たそれは今までと少し違う笑みで、どういうわけだか目を奪われてしまった。

最初に砂場に連れてきたときと比べれば大分表情の和らいだ瑚條だが、まだその顔つきはほんの少し厳しい。

（早く、他の子たちみたいに笑えるようになるといいのに……）

屈託なく笑う園児たちの中、異質なほどに落ち着き払った瑚條の横顔を見詰め、痛切にそう思わずにはいられないひかりだった。


夜八時。夕食を終えた園長夫妻は、幼稚園から車で十分の所にある自宅へ帰っていった。

今日の泊まり組は、マコトとタツミの二人だ。

マコトの両親は大学の研究室に勤務していて、学会が近づくとしばしばマコトを迎えにこられなくなる。タツミは母子家庭で、母親が居酒屋に勤めているため夜は園に泊まることが多かった。

八畳の部屋に子供用の布団を二組と、瑚條のための来客用の布団を敷いているとき、ふとひかりは子供たちの爪に目を止めた。

すでに入浴は済ませているが、今日の泥遊びが相当激しかったせいか、二人とも伸びた爪の間に泥が残っていた。

「二人とも、随分爪が伸びちゃったな」

ひかりの言葉に、子供たちも自分の爪をまじまじと見詰める。そんな二人を見て、ひかりは部屋の隅に置いてあった救急箱を取り出した。

「爪を長くしていると危ないから、切ってやるよ」

救急箱から爪切りを出したひかりが畳に膝をつくと、子供たちは歓声を上げてひかりの元に駆け寄ってきた。それを、少し離れたところから瑚條が不思議そうに見ている。

「先生俺も、俺も」

「わかってるよ、順番な」

マコトとタツミはじゃんけんを始め、勝者のタツミが嬉々としてひかりの膝に乗った。

タツミを後ろから抱きしめるような体勢でひかりは小さな爪を切っていく。ぱちぱちと爪を切る音が響く中、タツミは終始笑顔で嬉《うれ》しそうにひかりに体を預けていた。

「はい、おしまい。タツミは布団に入って、次はマコト、おいで」

「はぁい」

普段は元気な二人だが、他の園児たちが親に手を引かれ帰っていくその後ろ姿を、いつだって淋しそうに見送っているのをひかりは知っている。だから他の子供たちが帰った後は、なるべくこうして甘やかしてやることにひかりは決めていた。どんなに気丈に振る舞っていても、親元を離れて眠る子供が辛くないはずはないのだ。

「はい、マコトもおしまい。早く布団に入んなさい」

ひかりの膝の上ですでにウトウトしていたマコトも大人しく布団に入って、タツミと共にすぐに安らかな寝息を立て始めた。

そのまま爪切りをしまおうとして、ようやくひかりは自分の布団の上で正座をしたまま、じっとこちらを見ている瑚條に気づいた。

「あ、瑚條さんは——……」

見れば瑚條の爪も泥こそ残っていないものの大分伸びていて、これは切った方がいいな、とごく自然にひかりは思った。

そしてひかりは、判断ミスをしてしまった。

昼間あれだけ瑚條を子供と同等に扱っていたひかりだったのに、このときはうっかり常識の方が勝ってしまった。

「はい、瑚條さんも使ってください」

そう言って、瑚條に爪切りを手渡してしまったのだ。

その瞬間、ひかりは瑚條が四歳児であることをすっかり失念していた。否、わかっていたつもりで、つい見た目に流されてしまったのだ。もうすぐ三十路《みそじ》になろうという男を前に、先程園児たちに対してとったような行動をとれなかった。

ひかりが己の失言に気づいたのは直後のことだ。

瑚條は、差し出された爪切りを呆然と見詰めた後、今にも泣き出しそうな顔をした。

黒龍会の若社長が、二十八にもなる大の男が、子供のように顔を歪《ゆが》めて俯いてしまった。

そのまま黙って爪切りを受け取ろうとする瑚條を見て、やっと自分の失敗を悟ったひかりは大いに慌てた。

「ち、ちょっと待ってください！　瑚條さん、あの、俺——……」

俯く直前の瑚條は、涙を堪える子供のような顔をしていた。どこか切れてしまったのではないかと思うくらい、痛そうな顔をしていた。

当然だ、と今更ながらにひかりは思う。

他の子供たちは先生が爪を切ってくれたのに、自分だけは切ってもらえなかった。

そう思って、傷つかない子供がいないはずはない。

「すみません瑚條さん、あの、手を……」

瑚條に向かって伸ばそうとしたひかりの手は、それよりずっと大きな瑚條の手に弱々しく振り払われた。

「いいです、自分で切ります」

「違うんです瑚條さん、俺、うっかり……」

「……いいです。ひかり先生は他の先生とは違うと思ってたけど、やっぱり同じです」

ポツリと呟いて、そのまま瑚條は布団の上で自分の膝を抱え込んでしまった。

「ひかり先生も、俺はヤクザの子だから、近寄らないようにしてる……」

その言葉を耳にした途端、ぐさり、と、何かが胸を貫いた気がした。

——……深い、ととっさにひかりは思う。

四歳の頃、瑚條がそんなふうに周りの大人たちに扱われていたのだとしたら、その傷はあまりに深い。昼間、誰とも関わろうとせず、空虚な瞳で膝を抱えていた瑚條を思い出して、ひかりは強く唇を嚙んだ。

ヤクザの子だと言って幼稚園の先生まで彼に近寄ろうとしなかったのだろうか。ならばきっと、同じ年頃の子供たちも瑚條を避けていただろう。大人の感情は子供に伝染する。

すっかり膝の間に顔を埋めてしまった瑚條を見て、ひかりは自分自身を罵《ののし》った。

(俺はいっぺん、死ね!)

一度大きく深呼吸をして、ひかりは瑚條の真正面に座り込み腕を伸ばした。

「すみません瑚條さん。俺はとてもひどいことをしました。許してください」

言いながら、ひかりは瑚條のダークグレーの髪を撫でた。指先から、瑚條の体がビクリと震えたのが伝わってくる。そうやってしばらく頭を撫でていると、ようやく瑚條が膝の間からおずおずと顔を上げた。

ひかりは瑚條としっかり目を合わせたまま、ゆっくりとした口調で言った。

「でも瑚條さん、俺は貴方がヤクザの子だから自分で爪を切れと言ったわけじゃないんです。貴方は自分で爪が切れると思ったから、そう言ったんですよ」

ここだけは、どうしても瑚條に履き違えてもらうわけにはいかなかった。

瑚條はしばらくうろうろと視線をさまよわせたもののなんとかひかりの目を見返すと、膝を抱えていた大きな手を落ち着かな気に幾度も組み替えた。

「……爪くらい、自分で切れます。父に、自分のことは自分でするようにと、いつも厳しく言われていますから……」

でも、と段々不明瞭《ふめいりょう》になる声で、瑚條は続けて言った。

「でも本当は、爪を切るのは、苦手です……」

思わず、ひかりの顔から笑みがこぼれる。親に厳しく躾《しつ》けられ、他人を頼ることを戒められた子供の、これが精一杯の甘えだ。

「だったら、やっぱり俺が切ってあげます」

片手で爪切りを持って、もう片方の手をひかりが差し出すと、今度は瑚條も大人しくひかりに向かって手を差し出した。

大きくて乾いた瑚條の手を取って形の整った爪を切りながら、ひかりは誓った。

（ああもう本当に、今度こそ本当にこの人のことは四歳児として扱おう！）

この言葉だけはもう絶対に違えるものかと、ひかりは瑚條の爪を切る間、何度も同じ言葉を胸で繰り返し続けたのだった。


翌朝、瑚條に身の回りのものを届けにきた黒崎と部下の組員は、早朝から目を瞠ることとなった。

黒崎たちが園に着くと、部屋の中ではまだ子供と園長たちが朝食をとっていた。食卓を囲むその輪の中には、無論瑚條の姿もある。けれど、昨日までとは何かが違う。

何が違うって、ひかりが違った。

「あ、人参残しちゃ駄目ですよ、蓮也さん」

他の子供たちを呼ぶように瑚條を名前で呼んだひかりに皿を覗き込まれると、瑚條は隠し事がばれてしまった子供のような決まりの悪い顔をして、それでもなんとか人参に箸《はし》を伸ばす。

「甘く煮つけてありますから、美味《おい》しいですよ」

ね、とひかりに励まされ、思い切った顔で瑚條は箸でつまんだ人参を口に放り込んだ。

うー、と低く唸《うな》りながらもなんとか人参を咀嚼《そしやく》して飲み込んだ瑚條にひかりがとった行動は、窓の外でその光景を見ていた組員たちの度肝を抜いた。

「よくできました！　偉いじゃないですか蓮也さん！」

そう言って、満面の笑みで瑚條の頭をガシガシと撫でたのだ。

自分より十近く年上の男に、黒龍会の若社長に、泣く子も黙る瑚條蓮也相手に、ひかりは子供にするような仕種でその頭を撫でてみせた。

「ひかり先生、俺もほうれん草食べられた」

「俺も、メザシ食べたよ、偉い？」

本物の子供たちがひかりに寄ってきたときも、ひかりは先程と変わらぬ仕種で偉い偉い、と子供たちの頭を撫でた。

「黒崎さん……あの先生、凄いですね……。社長と他の子供たちを、同列に扱ってますよ」

窓の外、まだ若い組員が微かに震えた声で黒崎に言えば、

「……私も、若をあんなふうに扱う御仁を見たのは初めてだ……」

普段滅多なことでは取り乱さない黒崎も、いささか蒼白くなった顔でそう返した。

園長室では瑚條が二つ目の人参を食べ終えたところで、再び力一杯ひかりに頭を撫でられている。

けれど、頭が揺れるほど遠慮なく髪を引っかき回されている瑚條の口元がわずかに緩んでいるのを見て何か思うところがあったのだろう。黒崎は一瞬でその表情を改めた。

とりあえず、黒い集団は窓の外で瑚條たちが食事を終えるのを大人しく待つことにしたよ

うだ。その間も、室内ではこれが食べられただのあれは嫌いだの大変な騒ぎが続いている。

　ヒカリ幼稚園の朝食が終わるのは、もうしばらく後のことになりそうだった。

◆◇◆

　瑚條がヒカリ幼稚園にやってきてから一週間。この数日で瑚條はよく笑うようになった。まだ時折ぼんやりと虚空を見詰めているときもあるけれど、そんなときはひかりが声をかけてやれば、すぐに笑顔が返ってくる。

　最近は仲のいい友達もできた（これに関しては周りの子供たちの順応力も褒《ほ》めるべきだろう）。園の中に秘密の基地を作って、子供同士で耳打ちして、もうすっかり、泥遊びに抵抗を示すこともなくなっている。そんな瑚條の姿はまるきり他の子供たちと変わらなかった。

　園には毎日黒崎がやってくる。組の者と集団で来園しては保護者の目を引くと自ら気づいた黒崎は、最近では単独で瑚條の様子を見にくるようになっていた。

　その日も、子供たちがほとんど来園して、保護者たちと顔を合わせずに済む時間になって黒崎はやってきた。

「ひかり先生、おはようございます」

　数日分の着替えが入ったボストンバッグを持参した黒崎は、ひかりにきっちり九十度腰を折って挨拶をした。だからひかりも、慌てて頭を下げる。

「おはようございます、いつもご苦労様です」

「いえ、こちらこそ。いつも若の面倒をみていただいてありがとうございます」

顔を上げた黒崎の視線が瑚條を探している。それに気づいてひかりは運動場を指差した。

「蓮也さんなら、園長先生たちと一緒に色鬼をして遊んでいますよ」

遠くで子供たちのはしゃいだような声が上がる。その中には楽しそうに声を上げて笑う瑚條の姿もあった。ちょうど背後から園長に捕まえられ、身を捩《よじ》って笑っているところだ。

そんな光景を黒崎と二人で遠くから見守っていたら、ふいに黒崎がポツリと呟いた。

「……若はきちんと、四歳の子供の顔をするようになりましたね」

普段無口な黒崎が自分から口を開くのは珍しく、ひかりは驚いてその顔を見上げる。

自分でも思いがけず言葉が口をついて出てしまったのか、黒崎はほんの少し気恥ずかしそうに目を泳がせて口を閉ざした。

「……黒崎さん、もしお時間があるようなら、もう少し蓮也さんのことを聞かせてくれませんか？」

年のわりに随分と背の高い黒崎を見上げ、ひかりは穏やかに問いかけてみる。黒崎は一瞬迷う素振りを見せたが、すぐにほんの少しだけ表情を緩めた。

「……若が本当に四歳だった頃は、今よりもっと大人びて、淋しい目をしていたんですよ」

ひかり

子供の輪の中で、瑚條が赤、と叫ぶのが聞こえてきた。その声を合図にいっせいに逃げ出した子供たちを追いかける瑚條の表情は、終始子供のような笑顔のままだ。

「黒崎さんは、そんなに小さい頃からあの人のことを知っているんですか？」

ふと気になって尋ねてみると、黒崎は遠くの瑚條を見詰めたままゆっくりと頷いた。

「私が黒龍会に入ったのは十五のときです。若のことは、生まれたときから知っています」

ざわざわと、五月の薫風が吹き抜けて園の周りに植えられた木々を揺らしていく。そのざわめきの隙間で、黒崎はゆっくりと言葉を紡ぐ。

「若の御母堂はもともと体の弱い方で、若を生んですぐに亡くなられました。お父上は、先生もご存じの通り厳しい方です。男手ひとつで子供を育てることにも責任を感じていらっしゃったのでしょう。若がご幼少の砌は、それはもう、目を覆うような厳しさで……」

……やはりそれは虐待というのではないだろうか。憮然《ぶぜん》とした表情をするひかりに気づいて、黒崎は慌てたように言い添えた。

「勘違いなさらないでください。会長が厳しいのは若を思ってのことです。本当は、とてもお優しい方なんですよ」

「でも……」

「本当です。会長は、身寄りのない私を引き取ってくださった、とても義理人情に厚い方なんです」

えっ、とひかりが目を見開くと、黒崎はゆっくりと目を伏せて、口元に微かな笑みを浮かべた。

「お恥ずかしい話ですが、私の両親は莫大な借金を抱え、私が十五のとき一家心中を図ったんです。両親は亡くなりましたが、私だけが助かりました。そうやって、すっかり路頭に迷って街をうろついているところを、私は会長に拾っていただいたんです」

黒崎の話を聞いて、ひかりは黒崎と自分の境遇が似ていることに驚いた。ということは、瑚條の父親という人は黒崎にとって、ひかりで言うところの園長と同じ立場になるのだろう。そう思った途端ひかりの中で確立されていた、子供に虐待まがいのことをする冷酷な父親像が崩れた。

「ですから私には、もうずっと前から会長が若に厳しいのは会長なりの優しさなのだとわかっていました。けれど、それを理解するには若は幼すぎたんです」

四歳の子供には、厳しさの裏にある優しさなどなかなか気づくことはできないのだろう。過去を思い出したのか、黒崎の瞳が複雑な色合いを帯びる。

「会長に厳しく躾けられて、必死で早く大人になろうとしていましたよ、若は。だから早くに、子供らしい表情というものは捨ててしまっていました。成人して、組の仕事を任されるようになってからは話し合いをスムーズに進めるために笑うようになりましたが、それ以前は本当にまったく笑わない方でした」

ひかりは遠くの瑚條を言葉もなく見詰めた。それから初めて会ったときの、瑚條の綺麗な笑顔を思い出す。美しく整った、あれは営業用の、作り物の笑顔だったのだろうか。改めて思い返してみれば確かに、今遠くで笑っている瑚條のような、弾けるほどの眩《まぶ》しさは感じられなかったように思う。

「でも、ここはいい所ですね」

ふいに穏やかになった黒崎の言葉で、我に返ったようにひかりは黒崎を見上げた。瑚條を見詰める黒崎の横顔は、穏やかな緩い笑みを浮かべていた。こんなに優しい顔もできるのだと、普段の黒崎の仏頂面を思い出してひかりは目を丸くする。

そんなひかりには気づかず、黒崎は続ける。

「ここには光があって、笑いがあって、優しい人たちがいる。若も、ようやく子供らしい表情ができた」

慈しむ表情のままひかりと向き合った黒崎は、ひかりに向かって丁寧に頭を下げた。

「先生たちのおかげです。ありがとうございます」

「い、いやそんな…っ…、とんでもないです！」

慌てて頭を下げ返しながらも、ひかりはなんだか複雑な心境だった。

こんなふうに語らって、打ち解けていっても、瑚條の記憶さえ戻ってしまえば、この人たちはまた園に立ち退きを要求するのだろう。そして、これまでのように嫌がらせも再開するに違いない。

（いつかの小火も、もしかするとこの人たちが起こしたものかもしれないのに……）

いっそこの場で問い詰めてみようかと、ひかりは黒崎を仰ぎ見る。けれど瑚條を見詰める黒崎の優しい横顔を見たら、なんとなくそんなことを言い出すことが憚られてしまった。

仕方なく言葉の代わりに吐いた溜息は、少し強い風にさらわれて、そのまま遠くへ行ってしまったのだった。

◆◇◆

瑚條が幼児退行を起こしてから、未《いま》だ回復の兆しも見えぬまますでに半月が過ぎていた。

その日、珍しく泊まりの子供がいないヒカリ幼稚園は、静かな夜を迎えていた。

いつも園に泊まっていくマコトは両親の学会発表が終わって家に帰り、タツミも今日が五歳の誕生日ということで、店を休んだ母親に迎えにきてもらっていた。

「じゃあね、蓮也！　また明日な！」

夕食を終え、母親に手を引かれて嬉しそうに園を出ていくタツミに瑚條が緩く手を振ると、タツミの母親も瑚條に軽く会釈をした。保護者には、瑚條は短期で採用した臨時職員だということにしてある。

今夜は園に瑚條と二人だ。いっそこの部屋に自分も布団を敷いて眠ってしまおうか。そう思いながら布団を敷いていたひかりの耳に、瑚條の微かな声が届いた。

「……いいな」

ひかりは布団を敷く手を止める。見れば瑚條はまだ窓辺に立って、タツミたちが去っていった遠くの暗闇《くらやみ》を見詰めたままだった。

淋しい、のだろう。見た目は立派な大人だが、瑚條の心は四歳のままなのだ。

「蓮也さん、そろそろ布団に入りましょうか」

瑚條の隣に立って声をかけてみる。窓に手をついたままこちらを見下ろす瑚條の顔はひどく沈んで、今にも泣き出しそうだった。なまじ元の顔が整っているだけに、そんな顔をされるとなおさら悲愴な表情に見えてしまって、ひかりも一緒に眉《まゆ》を寄せる。

そっと瑚條の肩を押すと、瑚條も大人しく布団に向かって歩き出した。

今夜はやはり瑚條と一緒に眠ってやろう。そう思って自室から布団を取ってこようとひかりが部屋を出かけたとき。

「ひかり先生」

隣の部屋へ続く引き戸に手を添えたひかりの背に、瑚條の弱い声がかかる。振り返ると、布団の上で膝を抱えた瑚條が一直線にひかりを見ていた。

「どうして俺のことは、誰も迎えにきてくれないのでしょうか」

朴訥すぎる疑問にひかりは返答を詰まらせる。答えを待つ瑚條の顔は真剣で、ひかりは戸口から手を離すとゆっくりと瑚條に歩み寄った。

「黒崎さんが毎日会いにきてくれるじゃないですか」

「でも、父が来てくれません」

当然だ。その父親から隠すために、黒崎たちは瑚條をここに預けたのだ。けれど瑚條にしてみればたったひとりの肉親に会えないのは、やはり辛いことなのかもしれない。

「俺は、父に嫌われているのでしょうか」

真っ直ぐ前を見たまま瑚條が言う。その正面に膝をついて瑚條の瞳を覗き込んだひかりは軽く息を飲んだ。

切れ長の眦《まなじり》の上がった瑚條の目に、薄く涙が浮かんでいた。そうしてようやく、ひかりは必要以上に強いその眼差しが、涙を堪えるためなのだと気づく。

「まさか。お父さんが蓮也さんのことを嫌うわけがないじゃないですか」

ひかりができる限り優しい声で言ってみても、瑚條は頑《かたく》なに首を振る。

「でも、会いにきてくれません」

「それはきっと、お仕事が忙しいせいですよ」

「それに、いつも俺のことを叱ります」

「蓮也さんのことを大切に思っているからです。だから厳しくなってしまうんです」

「それに、俺のせいで母は死にました」

ついに耐えきれなくなったらしく、瑚條の目から瞬きもしないまま大粒の涙がこぼれた。

本人はそれに気づいていないのか、膝を抱えたまま平生の声を保とうとしている。

「俺が生まれたせいで、母は死にました。だから、きっと……」

瑚條の声が震えて、語尾が聞き取り難くなる。

そんな瑚條の姿が痛々しくてひかりが眉根を寄せると、とうとう瑚條は抱えた膝の間に顔を伏せてしまった。

「……きっと父は、俺のことが嫌いです……」

大きな体をぎゅっと縮め、声を押し殺して泣く瑚條を見て、ひかりは思わず唇を噛んだ。

(四歳で、こんな不安を抱えてきたのか……)

目の前で、膝を抱えて泣いているのは間違いなく四歳の子供だ。早くに母親を亡くし、その負い目を感じて父親と打ち解けることのできない、小さな子供だ。

(こうやって、いろいろなものを抱えたままで大人になったんだろうな……)

膝を抱えて泣き声を押し殺す瑚條を見詰め、なんだかやりきれない思いでひかりは思う。

今からでも、抱えたものをひとつずつ解消していけたらいいのに。そのためなら、自分はどんなにでも力になるのに。

今はせめて、瑚條の胸に広がる冷たい感情を和らげてやりたかった。

「……先生、俺、生まれてこない方がよかった……？」

膝を抱えたままくぐもった鼻声で呟いた瑚條の頭を、ひかりは膝立ちになって強く自分の胸に抱き込んだ。

「馬鹿言っちゃいけません。この世界には誰も、生まれてこない方がよかった人なんていないんです」

いつもより少し厳しい声で言うと、腕の中の瑚條の体が小さく震えた。その髪を、優しく撫でてひかりは声音を和らげる。

「俺は、蓮也さんと会えて嬉しいです。こうして話ができるのも。だから、生まれてこない方がよかったなんて、そんな淋しいことは言わないでください」

言葉の途中で、自分の体を囲うひかりの腕を、瑚條が強く摑んだ。顔は相変わらず膝頭に埋めたまま、すがりつくようなその仕種にひかりは一層両腕に力を込めた。

「今度、お父さんと一緒にお話ししましょうね。きっとお父さんも、違うって言ってくれますよ……」

瑚條の大きな体は、ひかりの両腕では囲いきれずにまだ余る。それでも懸命に腕を伸ばして、ひかりは瑚條を抱きしめた。

瑚條が泣き声を押し殺さなくなるまで、上げた泣き声が再びやんで、そのまま瑚條が子供のように泣き疲れて眠ってしまうまで、ひかりは瑚條を抱きしめる腕を緩めなかった。

眠る瑚條を起こさぬように布団に入れ、ひかりはそっと園の外へ出た。

園の裏門で小火騒ぎが起こってからというもの、ひかりは毎日眠る前に園の周辺を見回るようにしていた。

ヒカリ幼稚園の周辺は緩い傾斜がついていて、外の車道から見ると高台の上にあるように見える。正門部分は道路と地続きになっているが、反対側の運動場は坂との高低差ができてしまうので高い石垣が積まれている。その上石垣の上にはさらにフェンスが張られていて、そうそう園内に侵入することはできない。それでも園の周りに不審者がいないか見回るのが、最近のひかりの日課だ。

園の周りを沿うように夜道を歩きながら、ひかりは先程の瑚條の姿を思い出していた。

最初はヤクザの社長なんてロクでもない男だと思っていたが、瑚條は瑚條で胸にいろいろなものを抱えているようだ。

（本当に、一度瑚條さんのお父さんと話をする機会があればいいのに……）

けれど実際父親という人が現れたら、きっと黒崎たちが恐れ戦《おのの》くような事態が勃発《ぼっぱつ》してしまうのだろう。

（困ったものだなぁ……）

そんなことを考えつつ裏門までやってきたひかりは、そこでぴたりと足を止めた。

園を囲うブロック塀に足をかけきょろきょろと辺りを窺う、見るからに怪しい人影が道の向こうにいたのだ。考えるよりも先に、ひかりは思い切り地面を蹴って駆け出していた。

「こら！　そこで何してんだ！」

大きな声を上げると、不審者は相当驚いたらしくブロックから足を滑らせ、背中から道路に倒れ込んでしまった。

その場に駆けつけたひかりは外灯の薄明かりの下、倒れた男が派手な柄シャツを着てパンチパーマをかけていることに気づいた。これは前回小火騒ぎがあったとき警察の人間が言っていた不審者の目撃情報と酷似している。

（もしかして、こいつが園に火をつけた奴か……？）

さらに詳しく確認しようとひかりが屈み込む。その体を、それまで地面に寝そべっていた男が起き上がりざま、力一杯突き飛ばしてきた。

腕力には自信のあったひかりだがふいの攻撃には対処しきれず、そのまま吹っ飛ばされて背後のブロック塀に体を打ちつけてしまった。

ずるずるとその場にしゃがみ込み痛みに呻《うめ》くひかりの前で、男がゆっくりと立ち上がる。

「……園の人間か」

低くしゃがれた声で呟いて、男はズボンのポケットから何かを取り出した。カシャリ、と冷たい金属音が人気のない夜道に響く。塀に背をつけたまま座り込んだひかりはなんとか顔だけ上げて、まさかと思いながら男の手元に目をやった。

喜ばしくもないことに、嫌な予感は的中する。

男の手の中にあったのは、折りたたみ式のナイフだった。

素手の勝負なら負ける気のしなかったひかりだが、刃物を見せられてはさすがに怯む。とっさに立ち上がって逃げようとしたが、それより早く男に腹を蹴り上げられた。

「逃げるなよ。逃げられちゃ困るんだよ……」

突然の痛みに呻き、腹部を庇うように体を丸めたひかりは、押し殺した声を出す男を見上げようとする。けれど、できなかった。

体が動かなかった。痛みではなく、恐怖で全身が凍りついていた。

男の手の中で、ナイフがぱちりと冷たい音を立てる。

歯の根が合わない。喉《のど》の奥から胃液が迫り上がってくる。それでも必死で視線だけでも上げようとしたのは、ただひたすら、園を思っての行動だった。

自分を拾ってくれた園長夫妻の大切な幼稚園。可愛い子供たちの通うこの園に、再び火なんてつけさせてたまるか。

この場所は、自分にとっても大切な場所だ。我が家だ。

強い視線で、ひかりは男を睨《にら》みつけた。

外灯の下で男の顔が露《あらわ》になる。いかにも人相の悪い、額に大きなほくろのある男。

そこまで確認しただけで何も見えなくなったのは、目の前の男に胸倉を掴まれ無理やり立たされたせいだ。

「大人しく、園の入口開けてもらおうか。そうしたら金庫まで案内しな。土地の権利書、金庫の中にでも入ってんだろ？」

確認するというよりは、ひかりが頷くことを強要する響きで男が凄む。

（やっぱりこいつ、この土地目当てで……？）

そんなことを考えるひかりの首筋に、グッと冷たいものが押しつけられた。ナイフだ。思った途端に、情けないほど膝が震えた。

「ほら、早く中に入れろよ」

段々苛立《いらだ》ってきたのか、男が黄ばんだ歯を剝《む》き出しにした。ナイフひとつでこんな男に逆らえなくなってしまう自分が悔しくてひかりの目元にうっすらと涙が浮かんだ、そのとき。

「ひかり先生！」

真上から、不穏な闇を裂く鋭い声が響き渡った。

驚いて声のした方を見上げると、石垣の上の、さらにフェンスの上、そこを瑚條が飛び越えてくるところだった。

頭上二メートルはある高さから瑚條が飛び降りてくる。ズン、と重い音を立ててひかりの傍らに見事着地した瑚條は、そのまま勢いよく立ち上がってひかりの胸倉を掴む男の手を力任せに振り払った。

立ち上がる、という行為だけで相手を威嚇することができることを、そのときまでひかりは知らなかった。瑚條の長身がなせる技なのだろうか。その場にいた誰よりも背丈のある瑚條が立ち上がると、それだけで隣にいたひかりまで威圧感に呑まれてしまいそうになった。暗闇の中にいるせいで瑚條の顔は見えず、その分余計に大きな体からにじみ出す怒りが肌で感じられた。

「ひかり先生に何をしたんだ……」

地響きに似た低い声で唸るように瑚條が呟くと、二対一では分が悪いと悟ったのか、男は身を翻して夜の闇の中に逃げていってしまった。

「あ……」

ずる、とひかりの体から力が抜ける。そのまま膝が折れそうになったところを、横から瑚條に支えられた。

「先生！　ひかり先生大丈夫ですか！」

慌てたように瑚條がひかりの肩を自分の腕にくぐらせる。その声にはもう先程のような凄みはなくて、ひかりはほっと体の力を抜く。恐る恐る瑚條の顔を見上げても、薄暗闇の中で自分を見詰め返すその表情は、不安な子供のように心許《こころもと》ないものだった。

「先生、俺、目が覚めたら先生がいなくて、どこにもいなくて、だから探してたら、こっちの方から声がしたから、だから……」

瑚條自身まだ気が動転しているのだろう。子供ながら普段は理路整然と話をする瑚條が、今はしどろもどろにしか喋れない。

そこに、二メートルのフェンスを飛び越え、ナイフを持つ男をひと睨みで追い払った瑚條の面影はなかった。

（ああ、俺が、しっかりしなくちゃ……）

ひかりは震える膝を抑え込み、瑚條に向かって普段と同じように笑いかけてみせる。

「俺は大丈夫だから、さ、行きましょう」

本当は、石垣に叩きつけられた背中が、男に蹴り上げられた腹部が、今更のようにズキズキと痛んだのだけれど、それを瑚條に悟らせまいとひかりは懸命に平生を装った。

「ほら蓮也さん、早く……」

そう言いつつも、男にナイフを向けられた恐怖がまだ体を竦ませているのか、ひかりの足取りは覚束《おぼつか》ない。その場から動こうとしない瑚條に差し伸べた指先が、微かに震えていたことに瑚條は気づいただろうか。

「ひかり先生、本当に大丈夫なんですか……」

気遣わし気な瑚條の声が、温かい。途端に鼻の奥がツンと痛んで、ひかりは慌てて瑚條から顔を背けた。

「いいから、行きましょう。置いていっちゃいますよ」

語尾が、震えてしまった。構わず歩き出そうとしたら、後ろから瑚條に腕を掴まれた。引き寄せられる。体が反転する。後はもう抵抗をする暇もなく、ひかりは瑚條の腕に抱き竦められていた。

「れ、んやさ……」

「さっきのお礼です。先生にこうしてもらったとき、俺は凄く落ち着いたから……」

強い力で瑚條がひかりを抱きしめる。その広い胸に片頬を押し当てたまま、ひかりは動けなくなった。耐え切れると思っていたのに、両目から堰《せき》を切ったように涙が溢《あふ》れる。

だって、怖かったし、痛かった。

この場にひとりだったらまだ頑張って部屋へ帰ることもできたのに。もう無理だ。傍らには瑚條がいる。安心して涙が止まらなくなってしまった。

瑚條のせいだ。瑚條の腕が温かいから、瑚條の声が優しいから。

もうこんなことで泣けるほど、自分は弱くないと思っていたのに。

瑚條の大きな掌が痙攣《けいれん》するひかりの背中をさする。そのままうっかり嗚咽《おえつ》さえ上げそうになったひかりは、瑚條の胸にすがりつくことでなんとかそれに耐えた。

耳元で、瑚條の優しい声がする。

「こうしていたらきっと、先生もすぐに落ち着きます」

瑚條の腕の中は温かくて安心できて、ついこのまま眠ってしまえたらいいのにと思ってしまうほど、心地よかった。

(早く泣きやまなくちゃ……)

子供の前で先生が泣いていたら格好がつかないと冷静な自分は思うのに。

(でも、もう少しだけ……)

寝起きの子供がぐずって母親にしがみつくように、ひかりは瑚條の胸に凭《もた》れたまま、随分長いこと動き出そうとはしなかった。

瑚條も何も言わずにひかりを抱きしめていてくれたので、それに甘えてひかりは瑚條の腕の中で、静かにいつまでも泣き続けていたのだった。


園に戻ると、時刻は夜の十時を過ぎていた。

「すみません、今夜は随分夜更かしさせちゃいましたね」

まだ少し鼻にかかる声でひかりが言うと、瑚條は返事の代わりに欠伸《あくび》を嚙み殺した。

記憶が退行すると身体にまで影響を及ぼすのか、瑚條は毎日夜の八時に眠り、朝の七時に目を覚ます。その上午後の一時から三時は園児たちと昼寝までしっかりこなすのだから、その睡眠量たるや本物の四歳児と変わらない。

「今夜は俺もこっちに布団を敷きますから、一緒に寝ましょう」

「えっ、本当ですか？」

眠た気な瑚條の顔が、ぱっと輝いた。

「向こうの部屋から布団持ってきますから、先に布団に入っててください」

ひかりの言葉に機嫌よく頷いて、瑚條はいそいそと自分の布団に上がった。が、布団の上で振り向いてひかりと目が合った瞬間、あっと息を飲んで再び立ち上がろうとする。

「ひ、ひかり先生、首！」

慌てたように手招きをされ、何事だろうと首筋に手をやりながらひかりも瑚條に近づく。

「先生、首から血が出てます」

ひかりの手を引いて自分と向かい合うように布団の上に座らせると、瑚條はゆっくりとひかりの首筋に触れた。

そこでようやくひかりは、先程首筋にナイフを突きつけられたことを思い出した。大方そのときできた傷だろう。

「大丈夫ですよ、このくらい」

「でも、血が……」

「後できちんと手当てをしておきますから」

しばらくひかりの顔を不安そうに見上げてから、何を思いついたのか瑚條はひかりの肩に手をかけた。

「じゃあ、応急処置をしておきます」

「はい？　応急処置ですか？」

「マコト君に教わったんです。こうすると、早くよくなりますよ」

屈託なく言って、瑚條はひかりの肩を摑んだままゆっくりと身を屈めた。

ひかりが事態を把握したのは、首筋に瑚條の温《ぬる》い吐息がかかったときのことだ。

「えっ？　蓮也さん⁉」

慌てたときにはもう遅い。ひかりが抵抗するより先に、瑚條の唇が首筋に触れた。

どうやら瑚條は、応急処置として傷口を舐めるという術を子供から教わったらしい。けれどそれは決して正しい処置ではないし、まして他人に行うべき行為では、断じてない。

そのことを伝えようと開きかけた口を、ひかりは自らの掌で覆う羽目になる。

唐突に、それまで唇を押しつけているだけだった瑚條が傷口を舐《な》めたのだ。

首筋を舐め上げられる感触に、ひかりは声を上げてしまいそうになった。熱い舌先になぞられる傷口がぴりっとした痛みを伴って、疼くように火照る。

「れ、蓮也さ……」

なんとか喉から絞り出した声は上ずっていて、気恥ずかしさから再びひかりは口を閉ざしてしまう。

頭の中ではさまざまな言葉が渦巻くのに声が出ない。瑚條に緩く抱きしめられるような体勢で傷口を舐られ声を殺している自分の姿を想像すると、眩暈《めまい》すら起こしそうだ。

最後にチュッと濡れた音を立てて瑚條の唇は離れ、正面から瑚條の顔を見たひかりは、なんと言って瑚條の行為を諫《いさ》めたらいいかわからなくなってしまった。

瑚條は心底心配気な表情でひかりの顔を覗き込んでいた。ひかりを案ずる思いが言葉にしなくても伝わってくるほど深刻なその顔を見たら、なんだか自分だけ邪《よこしま》な感情を抱いていたようで、何も言えなくなった。

「あ、ひかり先生、ここも……」

だから、ひかりはその次に起こったこともどう対処したらいいかわからなかった。

瑚條の親指がひかりの下唇をなぞって、微かな痛みを覚えたひかりがそこにも傷ができているのだと悟った瞬間、唇を奪われた。

傷ついたひかりの唇を自分の唇で押し包むようにした瑚條の熱い舌先が、痛みを伴わぬようゆっくりと傷口をなぞる。その体を突き放そうとしてできなかったのは、直前に見た瑚條の表情があまりにも純粋にひかりを案じていたからだ。

だからうっかり、ひかりは瑚條の行為を甘受してしまった。瑚條は瑚條なりに自分を心配してくれているのは明白で、そこまで瑚條を心配させた原因は夜道で泣き出した自分にもあると思ってしまえば、抵抗らしい抵抗もできない。

瑚條の舌が、ひかりの唇の形を確かめるようにゆっくりと動く。時折押しつけられる唇は、

カサカサと乾いているが、温かかった。

瑚條の腕の中でひかりの体がゆっくりとほどけていく。今夜遭遇した恐ろしい体験も、体の痛みも、こうしている間だけは忘れられそうな気がした。

（……そういえば、瑚條さんとキスするのって二回目だ）

一度目は出会ってすぐ、初対面の日に唇を奪われた。あのとき感じたきつい煙草の味はもうしない。そういえば先程夜道で抱きしめられたときも、瑚條の体からは煙草の匂いではなく嗅ぎ慣れた石鹸《せっけん》の匂いがした。

瑚條の腕の中は相変わらず居心地がよくて、こんなとんでもない状況下にいるのにひかりの体からはどんどん力が抜けていく。

そうしてすっかり安心し切ったひかりの心は、うっかり本音を漏らしてしまった。

（――……気持ちいい）

チュッと小気味のいい音がして、ひかりはいっぺんに我に返った。

「ひかり先生？」

パッと目を開くと、目の前に不思議そうにこちらを覗き込む瑚條の顔があった。

（ばばば、馬鹿！　俺、何考えて――……！）

カァッとひかりの顔が赤くなるのをきょとんとした顔で見詰めてから、瑚條は濡れた唇を綺麗な弓形に曲げ、笑った。

「こうしておけば、すぐに怪我も治りますよ」

瑚條にとっては、一連の行為はあくまで医療行為だったらしい。だから一層ひかりは激しい自己嫌悪に陥った。

「それじゃあ、お休みなさい、ひかり先生」

朗らかにそう言って布団に入る瑚條を見て、ひかりは「お休み」と返すのが精一杯だ。

しばらく動き出すこともできず、呆然と瑚條の枕元に座り込んでいたひかりだったが、室内に瑚條の寝息が響く頃になってようやくダッシュで隣の自室に駆け込んだ。

（さ、最悪だ……っ！）

ひとりになった部屋で、自分の胸に手を当ててひかりは心中で叫んだ。

今更、心臓がバクバクいっていた。

（男に抱きしめられてキスされて気持ちいいってなんだよそれ！）

瑚條の唇の感触を鮮明に思い出してしまいそうになって、ひかりは両手で顔を覆う。

（何やってんだ俺！　相手は四歳児なんだぞ！）

わかっている。そんなことはもう随分前に自覚した。けれどそうは言っても、見た目だけは変わらず二十八の成人男性なのだ。意識するなと言われても土台無理な話だ。

（お、俺、どうしたんだろう……？）

まだ、心臓の鼓動は平静の速さに戻らない。頬も馬鹿みたいに熱いままだ。瑚條に初めてキスをされたときは、こんなことにはならなかったのに。

（本当に本当に、どうしたんだろう……？）

うっかり涙目になっている自分に気づいて、ひかりは慌てて目元を拭った。

本当は瑚條の隣で眠ろうと思っていたのに、今そんなことをしたら平常心でいられる自信がなくて、ひかりは結局、自室に布団を敷いた。

けれど、隣の部屋に瑚條がいる、そう思っただけで今夜はやたらと落ち着かない気分になってしまって、結局その日、ひかりは一睡もできぬまま夜を明かしたのだった。

◆◇◆

「あら、ひかり先生ったら今朝はひどい顔ね」

朝、台所で会った園長夫人に開口一番言われた言葉はそれだった。久し振りに徹夜をしたのだから顔色が悪くなるのも無理はない。ひかりは曖昧《あいまい》に笑って夫人の言葉をやり過ごす。

ひかりは極力昨日の自分の心境には触れない方向で、今日は黒崎ときちんと話をしようと考えていた。昨日の男の話を、黒崎にしてみようと思ったのである。

とはいえ、ひかりがあの不審者を黒龍会の人間だと思う気持ちはほとんど消えかけていた。組の若社長が寝泊まりしている建物に組員が火をつけるとは考え難い。けれど、きちんと組の人間の口から違うと言って欲しかった。そうしたら、自分の胸の中で長いこともやもやしていた気持ちも、きっとすっきりする。

そうやって黒崎が来るのを待つことで他のことを考えないようにしていたひかりだが、こんなときに限って黒崎はなかなかやってこない。

今まで毎日瑚條の様子を見にきていた黒崎が突然来なくなるとも思えない。夕方になり、園児がぽつぽつ帰り始め、何かあったのだろうかと本格的にひかりの胸に不安が広がり始めた頃、ようやく園の前に黒塗りのベンツが停まった。

ところが、何やら様子がおかしい。

車から、珍しく慌てた様子で黒崎が飛び出してきたと思ったら、そのまま大変な勢いで園内に突入してきたのである。

「わ、若！」

人目を憚る余裕もない表情で黒崎が瑚條を呼ぶ。人の減り始めた遊戯室に響いた黒崎の声は上ずっていて、さすがにひかりも異変を感じ取り、瑚條と黒崎の元に駆け寄った。

「黒崎さん？　どうしたんです？」

「わ、若！　早く、早く逃げてください！　会長がこの場所に気づかれてしまいました！」

その瞬間、隣に立っていた瑚條の体がビクリと大きく震えた。

「申し訳ありません、組の若いのが、うっかり口を滑らせたのを会長がお聞きになったらしく……もうこちらに向かっているかもしれません！　早く若もここを出てください！」

黒崎が喋っている間、ひかりはずっと瑚條の顔を見上げていた。瑚條は話を聞くうちに、みるみるその顔を青褪めさせ、今ではすっかり唇が白くなっている。完璧《かんぺき》に強張ってしまったその表情から、恐怖以外の感情を読み取ることはできない。

「さぁ若、早く車へ……」

黒崎に促され、ぎこちなく歩き出そうとした瑚條の腕を、やおらひかりが摑んだ。

「待ってください」

きっぱりとしたひかりの口調に、瑚條と黒崎が驚いたように振り返る。そして、その後ひかりの口から飛び出した耳を疑うような言葉を聞くと、二人揃って絶句した。

「お父さんと、話をしましょう」

「な……」

「今逃げ出したところで、いつかはきちんとこの状況をお父さんに説明しなければいけないときが来るでしょう。だから、蓮也さんはここに残ってください」

「せ、先生！　なんてことを言うんです！」

普段は冷静沈着な黒崎も、このときばかりは声を荒らげた。けれど、ひかりはたじろぎもせずに黒崎と向かい合う。

「蓮也さんは一度きちんと、お父さんと話をするべきだと思うんです」

「そんな、だからといって今そんなことをしたら、若が殺されかねません！」

「殺させません！」

力強いひかりの一喝に、黒崎が思わずと言ったふうに黙り込む。ひかりはもう一度ゆっくりと、同じ言葉を繰り返した。

「殺させません。俺が守ります。子供のために、最善の行動をとるのが俺の仕事です」

落ち着いたひかりの態度に、取り乱していた黒崎もようやく冷静さを取り戻したようだ。こちらを見返す黒崎の瞳が凪《な》いだのを確認してから、ひかりは瑚條を見上げた。

「……蓮也さん、お父さんと、お話ししましょう」

瑚條の瞳が不安気に揺らめく。不規則に上下する肩を見て、泣き出す直前の子供のように瑚條の息が乱れていることに気づいたひかりは、しっかりと瑚條の手を握り締めた。

「大丈夫、お父さんは、蓮也さんのことが大好きですよ」

「……でも」

瑚條の指先はすっかり冷えている。だからひかりは、ますます強く瑚條の手を握った。

「話をする間、俺が隣にいてあげます。上手く喋れなかったら耳打ちしてください。代わりに俺が喋ってあげます。怖くなったら、こうして手を繋《つな》いでいてあげます」

瑚條の視線がようやく定まって、真正面からひかりを捉《とら》えた。

「だから絶対に、大丈夫です」

ひかりが笑う。一点の曇りもない表情で。それを見て、瑚條もひかりの手を握り返した。

「……側に、いてください……」

低く囁《ささや》いた瑚條にもちろん、と頷いて、ひかりは黒崎にも声をかけた。

「黒崎さんも、フォローをよろしくお願いします」

「了解しました。できる限りのことは、やらせていただきます」

平生の声で黒崎が即答する。微笑んで、ひかりは朗らかに言った。

「じゃあ、早速お茶の準備でもしましょうか」

平穏なヒカリ幼稚園に嵐《あらし》が襲来するのは、もう間もなくのことである。


夕暮れまでは晴れていた空が一転してかき曇り、夜空からぽつぽつと雨が降り出す頃、ヒカリ幼稚園の正門前に、一台の車が停まった。

見慣れない黒のＢＭＷ。その中から降りてきたのは、どうしようもなく人相の悪い着流しの男、瑚條源三《げんぞう》その人だ。

黒く日に焼けた角刈りの男が、藍染《あいぞめ》の着物の裾を捌《さば》いて一歩一歩園に近づいてくるのを、ひかりは応接間の窓から見ていた。

「来ましたね」

どうやら瑚條の父親は聞きしに勝る凶面相らしい。これは子供も怯《おび》えるだろうと、ひかりは小さな苦笑を漏らした。

「……先生は落ち着いていらっしゃいますね」

ひかりの後ろから外の様子を窺っていた黒崎は、事ここにきてさすがにそわそわし出したようだ。

「結構、ああいう親は多いんですよ」

何かと問題児を預かることの多いヒカリ幼稚園には、問題児よりよっぽど問題のある親もたくさんやってくる。伊達《だて》に三年もそんな親の相手をしていたわけではなく、ひかりがそれほど取り乱す様子はない。

「でも俺も、ヤクザの組長さんを相手にするのは初めてです。もしも殺傷沙汰《ざた》になりそうになったら……」

「わかっています。私共が、流血沙汰だけは全力で阻止します」

応接間の隣の部屋には、黒崎とその部下の組員が控える手筈《てはず》になっている。今日は奇跡的に泊まりの園児もおらず、今夜のヒカリ幼稚園は強面の男たちに占領された形だ。

よろしくお願いします、と黒崎に頭を下げて、ひかりはソファーに腰を下ろしている瑚條を顧みた。

瑚條は膝の上で長い指を組んで、先程から一点に視線を落としたまま動かない。その横顔は青褪めて、時折唇が戦慄《わなな》いているのがわかった。

（実の子供をここまで怯えさせるなんて、一体どんな親だよ！）

幼稚園の一職員として、ひかりの中では瑚條の父親に対する恐れより憤りの方が色濃くなっている。

「大丈夫ですよ蓮也さん、落ち着いてください」

ひかりが笑いかけると、瑚條からもようやく弱々しい笑みが返ってきた。

そうこうしているうちに雨の中を源三がやってきて、遠目からでも威圧感のあるその体が、ヒカリ幼稚園の園舎の前で立ち止まった。

「では、行ってきます」

「先生、お気をつけて」

隣の部屋に下がる黒崎に手を振り、ひかりは応接間から直接運動場に出る扉に手をかけた。

源三は雨の中をひとりでここまでやってきたらしく、運動場で立ち竦む彼の後ろに、他につき添う人影はなかった。

「瑚條さん」

ひかりが声をかけると、源三は眉間《みけん》に深く皺《しわ》を寄せたままひかりの方を振り返った。

「アンタ、ここの先生かい」

凄みのある野太い声で問いかけられ、ひかりはしっかりと頷く。

「幼稚園教員見習いの榎本ひかりと申します。瑚條蓮也さんのお世話をさせていただいている者です」

宣戦布告とばかりにひかりは笑顔で言い放った。それを受け、もともと人相の悪かった源三の顔が、ますます凶悪なものになる。

「立ち話もなんですから、どうぞ中へ」

そして、大きく扉は開かれる。

園児のいない幼稚園の中、こうしてヤクザの抗争に勝るとも劣らない戦いの火蓋《ひぶた》が、切って落とされたのだった。


「大体の話は黒崎から聞いたぜ」

応接間に入るなり、瑚條の座るソファーの向かいにどっかりと腰を下ろした源三は横柄な態度でそう言った。対する瑚條は強張った表情のまま、目の前に座る父親を言葉もなく見詰めている。

「記憶喪失だかなんだか知らねぇが、半月近くもこんな所に隠れてやがって……。とっとと帰るぞ」

「待ってください」

言い切って早々に席を立ってしまおうとする源三をきっぱりとした口調で呼び止めたのは、台所から戻ってきたばかりのひかりだ。

源三の前に湯呑みを置いたひかりは、瑚條の隣に腰を下ろして静かに口を開いた。

「お父さんは、蓮也さんをこのままお家に帰してどうするおつもりですか。今までのようにお仕事をさせるとでも？」

「当然だ」

ひかりの持ってきた湯呑みを手に取って、源三はひかりに鋭い眼光を送った。

隣の部屋からそれを見ていた黒崎たちは寿命が縮まる思いだった。源三の眼光は組員たちでさえ怯んでしまうほど迫力のあるものだ。幼稚園の一職員がどこまで応戦できるものかとハラハラする組員たちの前で、意外にもひかりは一歩も引こうとはしなかった。

「それは無理な話でしょう。蓮也さんは四歳ですよ」

ごく冷静な声で、そう切り返したのだ。

途端に源三は不機嫌も露な顔つきになり、ケッと舌打ちとも嘆息ともつかないものを吐くと大きな音を立て湯呑みをテーブルに叩きつけた。

「四歳？　こいつが？　こんな馬鹿デカイ図体で何が四歳だ！」

「体は大人でも心は四歳のままです。その辺りの事情は、きちんと黒崎さんから聞かれていたのでは？」

相手が声を荒らげても一向に怯む気配のないひかりに目を眇《すが》めて、源三はその隣にいる瑚條に視線を移した。

「……蓮也、そうなのか？」

突然父親に声をかけられた瑚條の体が大きく震える。一度ごくりと唾《つば》を飲んでから、瑚條はようやく口を開いた。

「そ……そう、です……」

ひどく掠れて震えた声は、外の雨音にかき消されてしまうほど小さくて、源三の眉間に鑿《のみ》で彫ったような深い皺が刻まれた。

「……聞こえねぇよ」

不穏なくらい低い声で源三が再び瑚條の返答を促す。瑚條は膝の上で指先が白くなるほど強く指を組んで、もう一度声を絞り出した。

「そ、そう、で」

「声が小さい！」

「大きな声を出さないでください！」

源三の怒号に、隣室の組員たちが身を竦ませた瞬間、その声に勝るとも劣らない迫力のある怒声が室内に響き渡った。

その声の主がひかりだとわかった瞬間、ぎょっとしたのは組員たちばかりではない。隣に座っていた瑚條も、対峙する源三でさえも唖然としたように口を噤《つぐ》んでしまった。

『……うぉっ……あの組長が、圧された……』

隣の部屋にいた組員たちが感嘆の声を上げる。その声は外の雨音にまぎれてひかりたちの耳にまで届くことはなかったが、素人《しろうと》の一声に圧倒されたことを自覚する源三の顔は、みるみるうちに正視に耐えないほど凶悪な面相になっていった。

そんなことに拘《こだわ》っていないのはひかりの方で、自分が怒声を上げたことなど忘れたような澄ました顔で話を進める。

「俺の見解としては、蓮也さんはしばらくここで預かった方がいいと思うんです。もしもいい治療先をご存じでしたら、そこに移されるのも……」

「馬鹿言え。蓮也は家に帰るんだ」

不機嫌な態度を隠そうともせず、源三はひかりの話を頭から否定しようとする。それでも、ひかりは根気強く源三を説得すべく言葉を重ねた。

「でしたら、昼間だけでもここで預からせていただけないでしょうか」

「ふざけたこと言ってもらっちゃ困るよ先生。こいつはもうすぐ三十路になろうって男だ。それがどうしてこんな所に……」

「お父さん、そうは言っても、蓮也さんは四歳なんです。子供は年齢に合わせて、しかるべき場所で面倒をみた方がいいと思います」

同じ年頃の子供たちと一緒に遊んで、集団のルールを身につけ人間関係を学んで、少しずつ大人になっていくのが正しいあり方であるはずだ。特に瑚條は幼い頃、急いで大人になろうとしてたくさんのものを見失いながらここまで来てしまった。それならば、今からでも瑚條に健全な成長の仕方を知って欲しかった。

けれどそんなひかりの願いは、源三にまで届かない。

「帰るって言ったら帰るんだよ。確かにこいつのお頭《つむ》は四歳のガキに戻っちまったかもしれねぇが、体は立派な成人男子だ。頭なんて使わなくてもできる仕事は幾らでもあるだろう。大の男を、こんな所で遊ばせておけるか」

ひかりの言葉に耳を傾けようとしない源三に溜息を押し殺して、ひかりはゆっくりと隣に座る瑚條に視線を移した。

「それなら、本人に訊いてみましょうか」

それまで黙り込んで俯いていた瑚條が、驚いたようにひかりを見る。ひかりは瑚條を落ち着かせるように微笑んで、ゆっくりとした口調で問いかけた。

「蓮也さんはどうしたいですか？　このままお家に帰りたいですか？　それとも、ここにいたいですか？」

瑚條が口を開くよりも早く、源三が荒らげた声で猛然《もうぜん》と口を挟んだ。

「蓮也！　帰るって言うに決まってんだろうな！　そうじゃなきゃテメェ……」

「大きな声を出さないでくださいと言ったはずです！」

バシーン！　と掌で机を叩いてひかりが怒鳴り返すと再び隣室からざわめきが起こった。

『か、会長が完全に黙らされた……！』

思わず口を閉ざしてしまった源三は、そんな自分に耐えられないというように憤りで顔を真っ赤にして低く唸っている。そんな源三を見てほとんど血の気をなくしている瑚條の手を、ゆっくりとひかりが包んだ。

「大丈夫ですよ、蓮也さん」

すっかり冷え切っている瑚條の手を優しく握って、ひかりはにっこりと笑った。

「大丈夫だから、言ってください」

最後まで、きちんと側にいてあげようと思った。ここで瑚條がどんな答えを出しても、まずはその答えを出せたことを、褒めてあげようと思っていた。

だからひかりはなんのためらいもなく、優しく瑚條の背中を押した。きちんと父親と向き合って、もしもそこで突き飛ばされてしまうことがあっても、弾き返された体を受け止めてあげるつもりで。

それが、この園の教員として今自分に課せられた仕事だ。

瑚條はひかりの顔を見詰めてしばらく逡巡《しゅんじゅん》した様子だったが、やがて背筋を伸ばすと意を決したように真正面から父親に向き直った。

「お、俺……」

相変わらずその声は震えていたが、心なしか音量は上がっている。

そして、瑚條は自ら答えを出してそれを口にした。

「俺、ここに、いたいです」

瞬間、源三がカッと目を見開いた。

「蓮也！　テメェ親の恩も忘れて……っ」

そこで唐突に、源三の言葉が途切れた。

ひかりが源三のそれより数倍険しい視線で源三をねめつけたせいだ。

『凄ぇ！　一睨みで会長を黙らせた！』

応接間の隣は大盛り上がりだった。傘下数百人を下らない黒龍会の会長が、まだ年若い幼稚園教員相手に呑まれている。こんな光景きっともう二度と見られないだろうと、携帯で動画を録ろうとする組員まで現れる始末だ。

一方源三は、これ以上ひかりの相手をするのは藪蛇《やぶへび》だと悟ったのか、幾分声の調子を落として瑚條に言葉をかけることにしたようだ。

「ここにいたいってことは、帰りたくねぇんだな……。なんで帰りたくねぇんだ？」

瑚條は再び視線を落として口を噤む。横顔に、何か迷うような感情が見え隠れする。

「俺が怖ぇのか」

ソファーに背を凭せかけ源三が溜息混じりに呟いたときも、瑚條は俯いたまま何も言わなかった。実際、瑚條が父親に対して怯えを抱いているのはこれまでの言動からも明白だ。

「ケッ……軟弱野郎が……」

忌々し気に舌打ちして、源三はそのまま立ち上がってしまおうとする。それを見て、瑚條がようやく、口を開いた。

「お、お父さん…っ…」

必死で絞り出したような瑚條の声に、源三も思わず動きを止める。そして、恐らく初めて見るのだろう息子の泣き出しそうな顔を見て、何も言わずにソファーにかけ直し、続く瑚條の言葉を待った。

ソファーの上で、瑚條の指先が強くひかりの手を握り締めた。それに応《こた》えるようにひかりが緩く手を握り返すと、瑚條の肩が大きく上下する。

ひかりと、源三、それから隣室の組員たちが見守る中、瑚條は大きく深呼吸をしてから口を開いた。

「お父さんは……俺のことが好きですか……」

その言葉を耳にした瞬間、ひかりは胸が潰れてしまうかと思った。そんなことを、わざわざ口にして親に尋ねなければならなかった瑚條の境遇を思うと切なかったし、それでもようやく、面と向かってそれを尋ねることができた瑚條の成長が嬉しくもあった。

それなのに、源三から返ってきた答えは――……。

「親に向かってなんだその言い種は！」

叩きつけるようなその一言で、ひかりの堪忍袋の緒がぶっつりと音を立てて切れた。

「貴方がそんな口の利き方ばかりするからいけないんです！」

目の前のテーブルを蹴り飛ばす勢いで立ち上がってひかりが叫ぶ。ヤクザの組長に向かって見事なまでの啖呵《たんか》を切ったひかりは、その勢いを殺さぬまま、呆気《あっけ》にとられる源三の前で怒濤《どとう》の如く言葉を重ねた。

「さっきからなんですか！　ちっともお子さんの言葉を聞いてあげていないじゃないですか！　それどころか自分の言いたいことばかり大声で押しつけて、そんなの父親失格です！」

「な、なんだとぉ！」

ひかりの気迫に圧されていた源三もさすがにムカッときたらしく、勢いよくソファーから立ち上がった。

そんな二人を、瑚條が立ち上がることもできずに下からおろおろと見上げている。隣室に控えていた組員たちも、とうとう自分たちの出番かと固唾《かたず》を飲んで二人の様子を窺った。

「さっきからテメェ一体何様のつもりだ！　人の子育てに口突っ込みやがって！」

「そんな偉そうな口は子育てをまっとうしてから利いてください！」

「何がまっとうだ！　子育てなんてしたこともない若造が何をわかったような口を……」

「うるさい！　いい加減黙って聞きやがれ！」

――……それは凄《すさ》まじい怒号だった。

闇を裂く雷鳴のように辺りに轟《とどろ》く、すべてを圧倒する声の塊だった。

そんなものを真正面から叩きつけられて、さすがの源三も返す言葉を失った。

源三も、瑚條も、隣室の組員たちも、その迫力に呑まれ、口を開くどころかしばらく身動きひとつできなかった。

それなのに、次にひかりの口からこぼれた言葉は一転して悲愴な声色を帯びていたものだから、その対比の鮮烈さにますます誰も動けなくなる。

「どうしてわかってあげられないんですか。子供は親に甘えたいんです。優しくして欲しいんです。厳しくすることも大切ですが、厳しいばかりでは子供が不安になります」

言いながら、ひかりがゆっくりと腰を下ろす。それに倣って源三もソファーに座り込んだが、なんとも居心地悪そうにひかりから目を逸らしたままこちらを見ようとはしない。

「お父さんにいつも最後まで話を聞いてもらえずに、一方的に怒鳴りつけられてばかりいた蓮也さんがどんなに不安だったと思うんです。きちんと親子で会話をしてあげてください。蓮也さんの言葉に耳を傾けてあげてください」

「そ、そんなことは、きちんとして……」

「していなかったから、子供に自分が好かれているのか疑われる羽目になるんです」

厳しい口調でひかりに言い切られて、うっ、と源三が言葉を詰まらせる。

「お父さんはさっきの質問に、きちんと答えてあげてください」

きっぱりとした調子でひかりに促され、源三が低く唸る。それからちらりと瑚條の方を見て、息子が不安気な目で自分を見ているのを確認すると、とうとう観念したのか、ヤケクソ気味に口を開いた。

「馬鹿野郎！　自分のひとり息子だぞ！　それをなんで嫌わなくちゃならねぇんだよ！　ちょっと厳しく躾けたくらいでなんて顔しやがる！　これぐらいで嫌われてるなんて思われちゃたまったもんじゃねぇぞ！」

「でも！」

そこで初めて、瑚條が父親に向かって声を荒らげた。

「でもお父さんはいつも俺の側にいてくれないし」

「お前がガキの頃は忙しかったんだよ！」

「怖かった、し」

「元からこういう性格なんだよ！」

「……お母さんは、俺のせいで死んじゃったし――……」

呟いて、瑚條は再び俯いてしまった。

室内に、唐突な静寂が訪れる。

沈黙を雨音だけが満たす中、何を言われたのかわからない、とでも言いた気に源三が目を丸くして瑚條を凝視している。

「……なんだ？　そりゃ」

深く俯く瑚條の背中に手を置いて、ひかりが代わりに源三に向き直る。

「蓮也さんのお母さん、蓮也さんを生んですぐに亡くなられたそうですね」

「うん？　ああ、そうだけどよ……」

「蓮也さん、そのことを随分気にしてたんですよ。自分のせいでお母さんが死んでしまったんじゃないかって、それで自分はお父さんに嫌われているんじゃないかって、ずっと不安に思っていたみたいです」

ひかりの言葉に、源三は一層目を丸くして項垂《うなだ》れる息子を見遣った。瑚條は背中を丸めたままで、時折鼻を啜《すす》る音が聞こえてくる。

ひかりの言葉の正しさを証明するようなその姿を見て、源三は脱力したように天を仰いでしまった。

「参った……俺の倅《せがれ》はなんて馬鹿なんだ……」

「ちょっとお父さん……」

咎《とが》めるような視線を送るひかりを首振りひとつで遮って、源三は上向いたまま目頭を揉《も》んだ。

「いや、言わなくてもわかってると思ってたんだ。そう思っていた俺の方が馬鹿だったのかもしれねぇ」

一度深い溜息をついてから、源三はソファーに座り直した。

「おい蓮也、こっち向け」

父親の声に反応するように小さく肩を震わせて、瑚條は恐る恐る俯けていた顔を上げた。その目元には、うっすらと涙が浮かんでいる。それを真正面から見据えて、源三は凄みを利かせた声で言った。

「この大馬鹿野郎。俺はお前が思うほど度量の狭い男じゃねぇんだぞ。女房ひとり死んだくらいで、そのことをいつまでも根に持ってると思ったら大間違いだ」

「……でも」

「でももクソもあるか。だいたい俺は、お前のせいでアイツが死んだなんてこれっぽっちも思ってねぇよ！」

なんで今更こんなことを、とぼやきながら源三はテーブルの上の湯呑みを口元に運んだ。

「お前の母親はよ、医者が危ないって言ってんのにお前を生むって聞かなかったんだ。生ませてくれないなら喉かっ切って死ぬとまで言いやがった。だから俺は、だったら思い切って死んでこいってお前の母親を分娩台《ぶんべんだい》に乗っけてやったんだ」

なんだかそれはそれで凄い話だ。極道の世界って激しいな、と、場違いに思いを馳《は》せるひかりの隣で、瑚條は父親の言葉を一言も聞き漏らすまいとばかり熱心に耳を澄ませている。

「お前はよ、俺の女房が命懸けで生んだ最後の忘れ形見で、たったひとりの息子なんだぞ」

そこで源三はいったん言葉を切り、なんとも苦々しい、それこそ苦虫を嚙み潰したような表情になった。

（ああ、この人、照れてるんだ）

源三の顔を見て瞬時にそう悟ったひかりの顔に、一転してからかうような笑みが浮かぶ。

「お父さん、その続きが重要ですよ」

「う、わ、わかってるよ！」

横を向いた源三の耳が赤い。瑚條はそんな父親を不思議そうに見ている。

「だからだな、つまり、その……お、お前は俺のひとり息子なんだから、俺だってお前のことを大事に思ってるに決まってんだろうが！」

どこまで言わせりゃ気が済むんだ！　と照れ隠しに声を張り上げる源三を、今度はひかりも諌めなかった。ただ柔らかく笑って、源三に頭を下げる。それを見て、源三はますます顔を赤くするとそっぽを向いてしまった。

そんな父親を半ば呆然と見詰めている瑚條に、ひかりが穏やかな声をかける。

「ほら、やっぱりお父さんは蓮也さんのことが好きだったじゃないですか」

まだ自分の耳で聞いたことが理解できないのか、瑚條はぼんやりとした目をひかりの方に向けた。

「お父さんは照れ屋だから、今まで恥ずかしくてそう言えなかっただけです。でも今、蓮也さんのことが大事だって言ってくれたでしょう？　恥ずかしいけど一生懸命そう言ってくれたお父さんは、やっぱり蓮也さんのことが大好きなんです」

微かに息を震わせて、再び瑚條は父親に目を転じる。

信じられないとでも言いた気に呆然と目を見開く息子を見て、源三もようやく苦笑めいた笑みを口の端ににじませた。

「本当に、とんでもない勘違いしてやがったみてぇだな、オメェはよ」

浅黒く焼けた腕を伸ばし、武骨な手で源三はぐしゃぐしゃと瑚條の頭を撫でた。

「先生の言う通りだよ。そんな当たり前の話を聞いて、今更驚く馬鹿がどこにいる」

間近で父親に顔を覗き込まれ、乱暴なくらい強く頭を撫でられて、それまで固まったままだった瑚條の表情が俄かに変わった。

瑚條の眉間に深い皺が寄る。唇は固く引き結ばれ、眉は八の字に垂れ下がって、目元からは、じわじわと溢れてくるものがある。子供のようにくしゃっと顔を歪めた瑚條は、その表情を隠すように大きな両手で顔を覆ってしまった。

その下から、鼻にかかる声で呟かれた言葉。

「……俺も……」

震えた声で、それでも瑚條はしっかりと言った。

「……俺も、お父さんのことが、大好きです——……」

一言一言、噛み締めるように口にされたそれに、ひかりの胸に温かいものがじわっと広がった。その瞬間。

「わ、若っ！」

隣室に続く扉から、ワッと黒い塊が飛び出してきた。その先頭には、黒崎がいる。

「お、オメェら、いつからそんな所にいやがった！」

突然現れた組員たちを見て慌てたように源三が立ち上がっても黒い集団は怯まなかった。

そしてなぜか全員、泣いている。

「若、会長……！　わ、私はどれほどこうしてお二人が語らう日が来るのを待ち望んでいたことか…っ…」

普段冷静沈着な黒崎が涙に噎《むせ》んで訴えると、後ろにいた組員たちも一様に涙ぐんで大きく頷いた。

「おれっ、感動しました！　こんなドラマみたいなシーン生で見たの初めてで……」

「お、俺、勘当された田舎《いなか》の親父に、もう一回会いに行こうって気になりました！」

それぞれ思い思いの感想を涙目で語る黒崎以下組員をひかりたち三人が呆然と見詰めていたところで、今度は園の廊下に面した応接間の扉が外から開いた。

「おや？　今日はなんだか随分と賑やかですね」

その場にそぐわない穏やかな声が室内に響く。扉の向こうに立っていたのは園長夫妻だ。

「お客様がたくさんいらしてますね、ひかり先生」

応接間の扉を開くなり目に飛び込んできた、黒い集団が噎び泣く異様な空間をものともせずに園長が笑う。それを見て、夫人もなんだか楽しそうに笑った。

「そろそろ夕飯の時間だから先生たちを呼びにきたのだけれど、どうかしら、せっかくだから皆さんも食べていかれたら」

今日は子供たちもいないし、と笑顔で言い添える夫人を見て、ひかりは改めてこの夫婦の浮世離れした感覚に驚いた。もう少し、他に聞くべきことはないのだろうか。

それでも、先に夕飯を共にするか否かの質問を投げかけられてしまったからには答えないわけにもいかない。ひかりは困ったように源三を見上げた。

「どうします、食べていかれますか？」

「そりゃあ、是非と言われりゃあお相伴になるけどよ……」

「でしたら、是非」

園長が源三の言葉尻《じり》を横合いからかっ攫《さら》って笑った。

もしかするとここの園長夫婦って最強なんじゃないだろうか。後ろ頭を掻《か》きながら園長夫妻に会釈する源三を見ながら、そう思わずにはいられないひかりだった。

結局、園長夫婦に押し切られる形でその場にいる全員が園で食事をすることになった。その支度を手伝うためにひかりが部屋を出ようとすると、ふいに後ろから袖口を引かれた。

「ひかり先生」

振り返ると、ソファーに座ったままの瑚條がひかりの服の袖を摑んでいた。それを見て、ひかりは口元をほころばせる。

「今日は頑張りましたね。お父さんともきちんとお話ができて、偉かったじゃないですか」

まだ少し目元を腫《は》らした瑚條の顔を覗き込むと、瑚條は気恥ずかしそうに目を伏せ、小さく首を振った。

「ひかり先生の、おかげです。先生がずっと手を握っていてくれたから、父とも話をすることができました。……だから」

ひかりを見上げ、瑚條は笑った。まだ泣き腫らした顔のまま、それでも今まで見せた中で一番素直な、満面の笑みを浮かべて言った。

「ひかり先生、ありがとう」

その一言と飛びっきりの笑顔が見られただけで、ひかりはなんだかすべてが報われたような、満たされた気分になって、瑚條と同じように満面の笑みを浮かべたのだった。

二十畳ほどのホールに大きなテーブルを持ち出して、立食形式で晩餐《ばんさん》は行われた。

今夜は無礼講だと源三が宣言したおかげで組員たちも皆くつろいだ様子で食事をする中、

料理の補充や配膳をするため動き回っていたひかりの肩を、誰かが後ろから摑んだ。

「先生、ちょっといいか？」

振り返るとそこに、藍染の着物を着た源三が日本酒の入ったコップ片手に立っていた。

園長夫人を振り返ると、夫人が大丈夫よ、というように軽くウィンクを送ってよこす。それに軽い会釈を返して、ひかりは源三に誘われるまま人の輪から外れてホールの隅へ歩いていった。

「さっきはいきなり怒鳴っちまって、悪かったと思ってな」

ホールの片隅で、壁に背をつけるなり源三が言った。ひかりは笑って緩く首を振る。

「いえ、こちらこそさんざん失礼なことを言ってしまって、申し訳ありませんでした」

「父親失格、とかな」

喉の奥でクックッと笑う源三に、さすがに決まりが悪くなってひかりは身を小さくする。今考えると、ヤクザの会長相手に自分も相当命知らずなことを言ったものだ。

「正直、胸に堪《こた》えたよ」

今更恐縮するひかりを見て、おかしそうに笑いながら源三は太い指先で顎《あご》を撫でた。それからふいに声のトーンを変えて呟く。

「先生、アンタは俺の女房に似てる」

「えっ？」

ぎょっとしてひかりは自分の頬を片手で押さえた。自分は女顔ではないから、瑚條の母親はよほど男っぽい顔をしていたのだろうか。そんなことを思うひかりの前で、その心情を察したように源三が笑う。

「いや、顔が似てるとかじゃなくてな。性格だよ。その、竹を割ったような、一本筋が通った性格がな。負けん気で、俺に真正面から食ってかかってくるところも、そっくりだ」

そんなことを言いながらどこか懐かしそうに目を細め、源三は少し離れたところにいる瑚條に目をやった。

「今日はアンタに怒鳴りつけられて、死んだ女房に一喝された気分になった。アタシが死んだらアンタは蓮也のことをきっちり一人前に育てるって言ったのに、全然まっとうしてないじゃないのって、な」

茶化した口調で言ったものの、瑚條を見詰める源三の横顔は複雑だ。

息子が父親である自分に嫌われているのではないか、なんて思っていたことを知って、この男も心中でいろいろと思うところがあったのかもしれない。

「俺なりに、何かと苦心してきたつもりだったが……子育てってのは難しいな、先生」

ホールの真ん中で、瑚條は黒崎たちと大皿に盛られたパスタを囲み歓談している。その体は周りにいる大人たちの誰より大きいが、表情にはまだ幼さがにじんでいるようだ。

「でもきっと、今日のことで蓮也さんは胸に抱えていたものをひとつ解消することができたと思いますよ」

自分は父親に嫌われていると口にした瑚條の張り詰めた顔を思い出しながらひかりは呟く。無理に大人の顔をしていた瑚條が、少し子供の表情に近づいた。それもまた、ひとつの成長であるようにひかりは思う。

瑚條から源三に視線を移して、ひかりは真摯に源三を仰ぎ見た。

「今日は、蓮也さんのことを大事だとちゃんと言ってくれてありがとうございます。源三さんがそう言ってくれたから、きっと蓮也さんは救われたんだと思います」

「……今更って気も、するけどな」

ホールの中心で瑚條が笑う。その、耳に心地よく響く低い声に耳を傾けながらひかりは首を振った。

「人の気持ちがわかり合うことに、遅すぎることなんてないと思うんです。親子だって、一生わかり合えない人たちはいます。俺は今日、源三さんと蓮也さんが話をすることができてよかったって、そう思います」

にこりと笑ったひかりを見て、源三が照れたように頬を掻く。その後ぽそりと呟かれた言葉は、小さすぎてひかりの耳まで届かない。

「俺たち親子は先生に救われたのかもしれねぇな……」

「はい？」

「いや、蓮也がアンタになつくのも無理はないと思ってな」

きょとんとするひかりの前で、源三が苦笑混じりに続ける。

「蓮也がな、もうしばらくここにいたいって言うんだよ。別に肉体労働に従事するのが嫌なわけじゃなくて、ただもう少し、この幼稚園にいたいんだと」

「え……」

「黒崎に聞いたら、アイツも蓮也はここに置いておいた方がいいって言うしな。もしよかったら、あんな図体のデカイ奴だが、もうしばらくここで預かってもらえるかな、先生」

「え、ま、待ってください！」

源三の言葉をひかりが慌てて押しとどめると、源三は怪訝《けげん》そうな顔で首をひねった。

「何か不都合なことでもあったかな？」

「いえ、そうじゃないんです、ただ、あの」

つい数刻前、源三と激しい口論を繰り広げたとは思えないたどたどしい口調でひかりは言葉を紡ぐ。

「あの、蓮也さんが、ここにいたいって言ったんですか？」

「ああ、言ったが？」

「でも、本当はお父さんと帰りたいんじゃ……」

いつか、親に手を引かれて家に帰っていく子供を本当に羨ましそうに見送った瑚條だから、父親と和解できたらてっきり家に帰ると思っていたのに。

「ああ、なんだか、たまに会いにきてくれ、なんて甘ったれたことは、言われたが」

言葉とは裏腹に少し嬉しそうな顔で言って、源三は唇の端を持ち上げひかりの顔を覗き込んだ。

「でも今は、もう少しだけひかり先生の側にいたいんだとよ」

途端に、ひかりの顔がカッと赤くなる。それを見て、源三は豪快に笑って力一杯ひかりの背中を叩いた。

「まぁったく、アイツがガキの頃はそんな甘ったれたこと言わなかったぜ？　ちょっと甘やかしすぎたんじゃねぇのか？　ひかり先生！」

返す言葉もなく、ひかりはただ顔を赤くする。話の展開に思考がついていかなかった。だって瑚條はもう確実にこの園からいなくなってしまうと思っていたのに。それなのに、明日になってもまだ瑚條はここにいるのだ。

その上、もう少し自分の側にいたいとまで言ってくれた。

そんなことにひどく喜んでいる自分に、ひかりはますますうろたえた。帰り際の園児に、もうしばらく先生と遊んでいたいとぐずられることならよくあるが、こんな気分になったのは初めてだ。

（ヤバイ、なんか阿呆《あほう》みたいに嬉しい……！）

自分の目が潤んでさえいることに気づいて、ひかりは慌てて源三から顔を背ける。そうしたら、ホールの向こうに立つ瑚條と目が合って、笑顔で手を振られてしまった。

途端に感じた、胸の奥がぎゅうっと収縮する感じ。息苦しいようなくすぐったいような、ただ胸を圧迫するその感情に翻弄《ほんろう》されて、ひかりは泣き笑いのような顔になって瑚條に手を振り返した。

今夜の自分はどうかしている。

そう結論づけ、ひかりは敢えてそれ以上自分の心を探ろうとしなかった。

本当は、あとほんの少し自分の気持ちに素直になれたら、胸に去来する感情に名前をつけてあげることができたのだけれど、それを放棄してひかりは心の平静を保った。

そのことをひかりが後悔するのは、それからほんのしばらく後のことだった。

◆◇◆

翌日から、ヒカリ幼稚園に時折源三が顔を出すようになった。

黒龍会の会長ともなれば忙しいのだろう。さほど頻繁ではないが、黒崎に代わって極力園に来てくれるようになった。

源三が来るとまだどこか緊張した面持ちをする瑚條だが、それでもきっちりと挨拶をし、二言、三言言葉を交わして、それからほんの少し、自分の近況を聞いてくる父親に嬉しそうに笑う。

本当はそんなふうに園内で、長身でモデル並みのルックスをした瑚條と強面で着流しの源三が一緒に話し込んでいるととても目立つ。当然のことのように保護者からは不審の目を向けられるが、ひかりたち園の職員はそれを容認した。

周りの人間がなんと言おうと、そこで会話を交わすのは臆病《おくびょう》な四歳の園児と不器用な父親だ。その会話を阻む権利は、自分にも、他の誰にもないはずだ。

源三が瑚條に向かって何か言う。それに応えて瑚條が何か呟き、源三は声を荒らげ、それから二人でひかりの方を振り返って微かに笑う。

何を話しているのか知らないけれど、そうやって言葉を交わす二人を遠くから温かく見守り、ひかりはぼんやりと羨ましいと思う。

そこには遠い昔にひかりが失った家族の会話があって、ひかりの知らない父子の姿がある。父親を知らないひかりは、だから瑚條がほんの少しだけ羨ましかった。

そんな源三が園にやってくる時間はさまざまで、その日は夕刻も過ぎ園児がほとんど帰ってしまってから源三は現れた。

「よう先生、今日は手土産《みやげ》持参で来たぜ」

園に入ってくるなりひかりを手招きした源三は、和紙に包まれたどっしりと重量のあるものをひかりに押しつけた。

「なんですか？　これ」

「鯛《たい》の粕漬《かすづ》けだ。蓮也の野郎図体がデカくてガツガツ食うから食費も馬鹿にならねぇだろう。だからたまには、差し入れだ」

ぶっきらぼうに言った源三に、ひかりは小さな笑みをこぼす。

確か、前に瑚條が魚の粕漬けが好きだと言っていたのを聞いたことがあるからだ。子供のくせに随分渋い好みをしているな、と思ったからよく覚えていた。

「お気遣いありがとうございます。瑚條さんもきっと喜びますよ」

「別にアイツのために持ってきたわけじゃねぇよ。アンタたちで食ってくれ」

源三の表情が不機嫌に凶悪になったのは、単なる照れ隠しだ。そんなことはとっくにひかりも見極められるようになっていた。

つまりこの人は、息子の好物を届けるためにわざわざこんなところにまで出向いてきたのだろう。けれどそれを、決して口にすることのできない不器用な人。むしろ微笑ましいくらいだと、ひかりは笑みを深くした。

「待っていてください。今蓮也さんを呼んできますから」

「いい！　いいよ先生、俺はもう帰る」

源三も、ひかりに己の心中を悟られたことに勘づいたらしい。

そのままひかりに背を向けて園を出ていってしまった源三が、『柄にもねぇことしちまったよ』と呟いたのが聞こえたから、きっと源三自身、自分の行為に相当照れていたのだろう。

源三が帰ってしまってから、瑚條がひかりの側にやってきた。

「あれ？　先生、今俺の父が来てませんでしたか？」

「ああ、そうなんですけど、照れて帰ってしまいました」

「照れて？」

きょとんとしてひかりを見下ろす瑚條にひかりはにっこりと笑いかけ、手にした包みをかざしてみせた。

「お父さんからの差し入れです。鯛の粕漬けだそうですよ」

「本当ですか？　嬉しいなぁ、俺それ大好きなんです！」

目を輝かせた瑚條に、やっぱり、と笑ってひかりは源三の出ていった正門へ目をやった。

なんだかんだ言って、源三は息子のことを気にかけている。

そしてまた改めて、いいな、とひかりは思う。

自分にも父親がいたらあんな感じなのかな、とありもしない空想を広げて小さく笑う。

隣に瑚條がいるのも忘れてぼんやりと物思いに耽《ふけ》るひかりを、無邪気な子供の声が現実に戻した。

「ひかり先生！　母さん来たよ！」

膝丈のエプロンの裾を引っ張って子供が明るい声を上げる。振り返ればもうホールには瑚條とその子供以外に誰もいなかった。

タツミは水疱瘡《みずぼうそう》でここのところ園を休んでいるし、マコトの両親も学会の発表を終えたばかりだ。その上今夜は園長夫妻も夜に町内会の集まりがあるということで、すでに園内にいなかった。

「蓮也バイバーイ」

「うん。バイバイ」

母親に手を引かれ園を出ていく子供に、瑚條がゆったりと手を振る。

「今日は随分静かになっちゃいましたね」

珍しく夕食前にすべての園児が帰宅してしまった園内はがらんとして静かだ。

ひかりは帰っていく子供にいつまでも手を振っている瑚條の顔を下から覗き込んだ。

「……淋しいですか?」

瑚條の手がぴたりと止まる。ひかりを見下ろした瑚條は、ただ穏やかに笑って言った。

「どうしてですか?　ひかり先生が一緒なのに」

淋しいわけがないでしょう、と瑚條が笑う。

その表情は、いつだったか瑚條ひとりが園に取り残されて泣いていたときからは想像もできないくらい落ち着いたもので、ひかりは思わず目を瞬かせた。

なんとなく感じていたことだが、父親と向かい合って話をしてからというもの、瑚條はとても精神的に安定している。

以前は何事にも自信なさ気で、ひかりの前でしか自分を晒《さら》せなかった瑚條が、最近では他の子供たちのリーダーシップをとることも少なくない。そんなことを、嬉しく思う反面少し淋しくも思う自分に、ひかりはそっと苦笑する。きっと子離れできない親ってこんな感じなのだろうと思いながら。

「ひかり先生、ご飯にしましょう。今日は俺も手伝いますから」

ひかりの手の中にある粕漬けを気にした様子で、瑚條がそわそわとひかりの背を押す。自分より背の高い男に大きな手で背中を押され、こういうところはまだまだ子供なんだけどな、と密《ひそ》かに溜息を飲み込んだひかりなのだった。

台所へ向かった二人は、早速夕食の準備にとりかかった。今夜は源三の持ってきてくれた粕漬けを焼いて、茄子《なす》の味噌汁と肉じゃがを作ることにする。

「先生、肉じゃがにこんなに人参入れるんですか？」

「普通ですよ、むしろ少ないくらいです」

「そうですか？　ちょっと多いんじゃないんですか？」

相変わらず人参の苦手な瑚條が難癖つけてくるのを笑って聞き流し、ひかりは手際よく料理を作っていく。瑚條は野菜を洗ったり料理を皿に盛りつけたりしながら、ひかりの手元を覗き込んではしゃいだような声を上げた。

「凄いですね、先生。あっという間に料理ができて、魔法みたい」

ちょっと目を離した隙に、まな板の上の人参がバラバラになっていたり、鍋の中の透明な湯が味噌汁になっていたりするのを見てそう思ったらしい。そんな瑚條に、ひかりは笑いを隠せない。魔法だなんて、見た目だけは大の男が目を輝かせて言う台詞ではないだろう。

そして改めて、子供なんだな、とひかりは思う。

父親と語らって、ほんの少し自信をつけて、ここのところ目覚しく成長はしているが、瑚條はやっぱりまだ子供のままだ。

（でも、いつか）

そっと瑚條を振り返り、焼き上がった粕漬けの身を崩さないように皿に運ぼうとする真剣な横顔を見て、ひかりは複雑な笑みをこぼす。

（いつかは、突然ここからいなくなってしまう人なんだよな……）

父親と和解してからもここにとどまってくれると言った瑚條だけれど、記憶が戻ったらさすがにそうもいかないだろう。

瑚條の記憶が戻りここを去っていくということは、瑚條たち黒龍会が再びこの土地を狙ってやってくるということだ。

せっかく親しくなった源三や黒崎、それから瑚條と、真正面から対立するときのことを思うと正直気が重かった。

「先生、この茄子」

唐突に、味噌汁の鍋を覗き込んでいた瑚條が声を上げて、ひかりはハッと前を向く。ぼんやりしていた頭を巡らせて瑚條を見れば、瑚條は無邪気に鍋の中を指差した。

「これ、菜園で育てた茄子ですか？」

ヒカリ幼稚園の菜園では茄子とトマトを育てている。時折園児たちと水を撒いたり、観察としてクレヨンで菜園の絵を書いたりするから、瑚條も知っているのだろう。

「違いますよ。菜園の野菜が実をつけるのはもう少し先の話です。その茄子はスーパーで買ってきたんです」

「そうなんですか。じゃあ、菜園に実がつくのはいつ頃ですか？」

「そうですね……夏にはきっとたくさん実がついていると思いますよ。そうしたら皆で取りに行きましょうね」

ひかりの話を楽しそうに聞いていた瑚條の顔が、そこでふと翳《かげ》った。

「……どうしました？」

「……え？　いえ、あの……」

首を回し、台所の窓から日の落ちた菜園に目をやって瑚條が呟く。

「前に俺、菜園でひかり先生とお話したことがあったような気がして……」

「え？」

「水を撒いているひかり先生の背中に、たくさん何かを話しかけたことがあるような気がするんです」

瑚條に言われて、ひかりはぼんやりと記憶を手繰る。瑚條と、菜園で話し込んだことなどあっただろうか……？

遠くを見る目で首をひねり、瑚條はぽつんと呟いた。

「ひかり先生の家族の話を、そこで聞いたような気がするんです」

ガタン！　と、大きな音を立てて流しの上に重い鍋が落ちた。頭上の棚に戻そうとしていたそれを、ひかりが取り落としたせいだ。

大きな音に驚いた顔をして、瑚條が慌ててひかりに駆け寄ってくる。

「先生？　大丈夫ですか？」

ひかりは呆然とした表情で瑚條を見上げたまま、しばらく口が利けなかった。

菜園でひかりが瑚條に家族の話をしたのは、瑚條がまだ記憶を失う前のことだ。

ひかりの心拍数が一気に跳ね上がる。激しい鼓動はそのまま声を震わせてしまいそうだ。

「お、思い出したんですか……？」

掠れた声で尋ねてみる。

もしもここで、瑚條が頷いてしまったらどうしよう。そうしたらまた、黒龍会の組員たちが嫌がらせにやってくるのだろうか。源三や黒崎たちとも、これまでのように話をすることはできなくなってしまうのだろうか。

いや、そんなことよりも。

——……瑚條はここから、いなくなってしまう?

「先生? 思い出すって? 何を思い出すんですか?」

不安そうな顔をしてひかりの前で体を屈める瑚條に、ひかりは必死で首を振る。

「なんでも、なんでもないんです。わからないのならいいんです」

「でも先生……?」

「いいんです! 思い出さないでください!」

首を傾げて記憶を掘り下げようとした瑚條を真正面から見た瞬間、思わず本音が漏れてしまった。

言ってしまってから、愕然《がくぜん》とする。瑚條も同様に驚いたような顔をしてひかりを見ていて、ひかりは棒を飲んだように動けなくなった。

自分はそんなに瑚條をここに引き止めたかったのだろうか。子離れできない親のように?

それとも瑚條が去った園に黒龍会の面々がやってくるのを恐れて?

わからないままうろたえたように瑚條を見上げていたひかりに、降ってきたのは翳りのない瑚條の笑顔だった。

「わかりました。思い出しません。だから」

子供特有の素直さで言って、瑚條はぽんぽん、とひかりの頭を軽く撫でた。

「先生も、そんなに泣きそうな顔をしないでください」

そこで初めてひかりは自分が眉を八の字に寄せて顔を歪めていたことを自覚して、表情を改めることも上手くできず顔を引き攣《つ》らせてしまった。

もしかすると、今の一言で自分は瑚條の記憶に蓋をしてしまったのかもしれない。その純粋さで、瑚條が本当にこのまま何も思い出せなかったらどうするつもりだ。

それなのに、瑚條が思い出さないと言った瞬間確かにほっとした自分がいたことに気づいて、ひかりは言葉を失う。

瑚條はできたばかりの味噌汁を椀《わん》に装いながら、ひかりを振り返って笑った。

「いいんですよ、ひかり先生。たまにはそうやって、先生も思っていることを口にしてください」

平然とした様子の瑚條に戸惑いながら、ひかりものろのろと動き出す。

「俺は、いつも思っていることは口にしているつもりです」

覚束ない手つきで棚を開けるひかりの手から重い鍋をそっと奪って、瑚條は困ったように笑った。

「そういうんじゃないんです。そういうんじゃなくて、先生にはもっと、自分のして欲しいことを言って欲しいんです」

棚に鍋を戻しながら瑚條が言う。その横顔を見上げて、ひかりは瑚條の言わんとしていることがわからず首をひねった。

瑚條は少し言葉を探す仕種で、胸の辺りで長い指を組む。

「先生は強い人だから、俺の父に怒鳴られたときもちっとも怖がっていなかったし、もしも今夜ここに俺がいなくて、ひとりで過ごすことになっても、多分、普段と変わらず眠ることができるでしょう?」

一生懸命言葉を探す瑚條に、ひかりも素直に頷いた。実際今までだって園にひとりで寝泊まりすることはよくあって、そのたびにひかりはなんの支障もなく眠りについてきたのだ。

瑚條は幾度か目を瞬かせた後、ひかりを見下ろし小首を傾げた。

「でも先生にだって、怖いことも悲しいことも、淋しいことだってあるはずでしょう?」

子供の真っ直ぐな視線は、時折言い逃れができないほど的確に大人の核心を衝《つ》いてくる。ちょうど今、瑚條がひかりを見る目がそんなふうで、ひかりは言葉もなく瑚條を見上げることしかできない。

瑚條は組んでいた手をほどいてひかりと向き合うと、緩い笑みを浮かべた。

「だから先生、そんなときはきちんと言ってください。言えずにそんな、泣きそうな顔をするのはやめてください」

自分が今どんな顔をしているのかわからないひかりは、表情を繕うこともできずぼんやりと瑚條を見上げている。瑚條はそんなひかりの頬を片手で包んだ。

「泣きそうなときはきちんと言って、それで泣いてしまっても構わないから、そうしたらまた、笑ってください」

節くれ立った親指でゆっくりとひかりの頬を撫でて、瑚條は目を細める。

「そのためだったら俺、どんなことでも忘れられます」

思い出さないでくれと言ったひかりの言葉に応えているのだろう。ひかりは逡巡するように視線を泳がせて、それから大きく首を振る。

「駄目です、貴方はいつか、きちんといろいろなことを思い出さなくちゃ……。俺の言ったことなんて忘れてください。貴方の人生に関わることです」

「構いません。俺は先生が笑っていてくれるのなら、いつまでも思い出しませんから」

遠い昔聞いたおとぎ話に似て、瑚條の言葉は純粋に真っ直ぐな響きを持ってひかりの上に降り注ぐ。ただ穏やかな結末を提示しようとするその言葉に、すがってしまえたらどんなに楽だろう。

子供の戯言《たわごと》と、聞き流してしまうにはあまりに魅力的な言葉。

(この人は、思い出さなかったらずっとここにいるんだろうか……)

それもあり得ない話だと半ば確信する心とは裏腹に、ひかりは瑚條の言葉を拒絶することができない。

瑚條にここにいて欲しい理由を漠然としか摑めないまま、ひかりは頬を包む瑚條の手に自分の手を重ねた。

「……ひかり先生」

気遣う声とともに、瑚條は泣いてもいないひかりの目元を親指で拭う。それでようやくひかりは、自分が未だに泣き出す直前のような顔をしていることに気づいた。

「……貴方に思い出すなと言った俺は、もしかするととてもひどい人間なのかもしれませんよ」

「ひかり先生が?」

「貴方を引き止めるつもりで、実は園のために打算的に動いているだけかもしれません」

少し難しい言葉を使ったせいで、瑚條はよくわからない、というふうに小首を傾げてしまった。けれどその意味を教えてやれるほど、ひかりも自分の気持ちにしっかりと折り合いをつけられていない。

「でも、ひかり先生」

頬を包む瑚條の大きな手を摑んで離さないひかりに、温かい言葉がかけられる。視線を上げれば、瑚條はその声と同様に温かく目を細めてひかりを見ていた。

「俺はひかり先生のことが好きです。だから、いいんです」

単純明快な答えを出して、瑚條は笑った。

好きだから、ひかりが本当はひどい人間でもいいし、騙されてもいいというのだろう。もう、童話の中にしか存在しないそんな単純な世界に、それでもひかりは心惹《ひ》かれる。

目を閉じたひかりの顔を今度は両手で包んで、瑚條は親愛の情を示すようにひかりの髪に唇を落とした。

「好きですひかり先生、大好きです」

だから泣かないでと、やっぱり泣いていないひかりに瑚條は繰り返す。それでひかりは一層泣きたいような気分になって、自分の気持ちを見失うのだ。

（駄目だ、こんなことじゃ……）

自分はこの幼稚園の教員で、瑚條は園児だ。その関係だけは覆《くつがえ》してはいけないし、覆したくない。それが決して、永遠に続くものでなくても。

（今だけ、今だけは）

せめてこの時間が長く続けばいいと切に願ってしまう自分を諫めることが、ひかりにはできなかった。だから。

「ごめんなさい、変なことを言ってしまいました。さ、早くご飯にしましょう」

だからひかりは伏せていた顔を上げると、いつもの顔でにっこりと笑った。

「はい蓮也さん、お箸とお皿持って、先に部屋に行っててください」

てきぱきと夕食の準備を進めるひかりの顔に、先程までの翳りはない。だから瑚條もようやくほっとした顔で、いそいそと箸を持って台所を出ていってしまった。

唐突に静かになった台所でひかりは、瑚條が笑顔の裏にあるものを読み取れなかったことに感謝する。

（しっかりしなくちゃ、俺は先生だ）

だから、瑚條とは今まで通り接していくのが一番だ。その間は少なくとも瑚條はヒカリ幼稚園の園児で、黒龍会の若社長ではなくて。

（ここにいられるんだ）

そのことになんの意味があるのだと考えることを放棄して、ひかりは粕漬けの乗った皿を持って台所を出た。

その頃にはもうすっかり、ひかりはいつもの幼稚園教員の顔になっていた。

◆◇◆

源三の了解を得て瑚條がヒカリ幼稚園にいられるようになってからしばらく経《た》ったある日、布団から起き上がった途端、ひかりは強い眩暈に襲われた。

（あれ？　風邪《かぜ》、かな……？）

ぼんやりする頭で自分の額に触れてみると、どことなく熱っぽいような気もする。

（まぁ、大丈夫か）

軽く頭を振って、ひかりは肩にぎりぎりかかる髪を思い切り引っ詰めて後ろで縛った。

その後は台所に立ったとき園長夫人に少し顔が赤いと言われた以外特になんの異常もなく、ひかりは通常通り朝の仕事をこなした。

けれど時間の経過と共に、ひかりは自分の体が重くなって頭が朦朧《もうろう》とするのを意識する。それでも今日一日は頑張ろうと、不調を子供たちに悟らせぬようひかりが立ち回っていたその日の昼頃。園内で大きな物音と園長夫人の悲鳴が上がった。

子供たちと昼食を済ませたばかりのひかりは、園児の昼寝の準備をするためホールに布団を敷いていたところで、悲鳴を聞きつけると何事かと声のする方に走った。

途端に視界が回ってひどい眩暈を感じたのは気づかなかった振りをして、声のした園長室に駆け込んだひかりはぎょっとした。

「れ、蓮也さん⁉」

園長室の真ん中で、瑚條が大の字になって倒れている。その横には倒れた椅子と、真っ青になる園長夫人の姿があった。

「な、何があったんですか？」

倒れる瑚條の傍らにしゃがみ込んで夫人を見上げると、夫人は震えた手で天井を指差した。

そこには笠の外された蛍光灯が剝き出しになっている。

「こ、ここの電気が切れかけていたものだから、ちょうど通りかかった蓮也さんが、手の届かない私の代わりにつけ替えようとしていたら、つけ替えてくれるって言って……」

そこまで聞いただけで、ひかりは大体の事情を察した。きっと瑚條は電球をつけ替えようとしてバランスを崩し、椅子から落ちてしまったのだろう。

ひかりは床に倒れる瑚條の顔を覗き込む。瑚條は目を閉じたまま、動き出す気配はない。

「気を、失っているみたいですね……」

仰向《あおむ》けになって、眠るように瑚條は目を閉じている。その頰に軽く触れ、ひかりはそっと瑚條の名を呼んだ。

「蓮也さん、蓮也さん……」

ぴたぴたと軽く頰を叩いてやると、ゆっくりと瑚條の瞼が開いた。

「あ、よかった、気がつきましたか」

上から瑚條の顔を覗き込んでひかりが笑う。

瑚條は自分の周りで何が起こったのか理解できなかったのか、ひかりと目が合うと大きく目を見開いて、幾度か忙《せわ》しない瞬きをした。

「大丈夫ですか？　今度から、高い所に上るときは足元に気をつけてくださいね」

諭すように優しい声音で言ってもう一度ひかりが瑚條に笑いかけたとき、今度は運動場の方から子供の悲鳴が上がった。

「今度はなんだ？」

瑚條のことは夫人に任せ、やれやれといったふうに苦笑してひかりは運動場に向かう。ところが、外ではひかりが苦笑なんてしていられない事態が発生していた。

ひかりが運動場に出た途端、子供たちがワッと周りに集まってくる。

「ひかり先生！　怖いおじちゃんが一杯来たよ！」

「えぇ？」

てっきり、黒崎たちが来たのかと思った。けれどそれにしては、子供たちの怯え方が尋常でない。黒崎たちには子供たちも大分慣れたと思っていたのに。

「先生あっち、あっち！」

子供が指を差す方を見て、ひかりは目を瞠った。

無断で正門をくぐって運動場に入ってきたのは黒崎たちではなく、見覚えのない柄の悪い、五、六人の男たちだった。

一見して堅気でないと知れるその団体は、黒崎たちとまったく趣を異にしていた。

黒崎たちが皆一様にかっちりとしたダークスーツを乱れもなく着込んでいるのに対して、園に無断で入ってきた男たちはいかにも趣味の悪い服をだらしなく身につけている。それは例えば真紫のスーツだったり薔薇《ばら》柄のシャツだったり背中に龍を背負った薄っぺらなジャンパーだったりした。

「ち、ちょっと、無断で園内に入らないでください！」

運動場に水を撒いていた女性職員の弱々しい制止などまるで無視して園舎に近づいてくる柄の悪い集団にひかりが慌てて駆け寄ると、その中のひとりがぞんざいな態度でこちらを振り返った。

「なんだよ、俺たちゃここの園長に用があんだよ」

「どういったご用向きでしょう」

「うるせぇな、用があるのは園長なんだよ。いいから園長呼んでこい」

まったくひかりに取り合おうとせず、男たちはどんどん園の中に入っていってしまう。それを見て何か言い募ろうとしたひかりの口元が、ふいに固まった。

男たちの集団の中に、見覚えのある顔を見つけたのだ。金のチェーンが描かれたてらてらとしたシャツを着て、サングラスをかけたパンチパーマの男。額に、大きなほくろがある。

「あぁっ！　アンタこの前、園に火をつけようとした……！」

思わず叫ぶと、ひかりの前を歩いていた男たちの足取りがぴたりと止まった。

「……兄ちゃん、今なんか言ったか？」

振り返った男たちの顔が、恐ろしい形相に歪められていた。

やっぱり、間違いないとひかりは思う。もしも今の言葉がひかりの思い違いだとしたら、男たちのこの反応は過剰すぎる。

じりじりと間合いを詰めてくる男たちに怯むことなく、ひかりはパンチパーマの男を指差してきっぱりと言い放つ。

「貴方、前に俺にナイフを突きつけてこの土地の権利書を渡せと脅した人でしょう。今すぐ出ていってください。警察を呼びますよ」

「ふざけんなよ兄ちゃん、何か証拠でもあってそんなこと言ってんのか」

証拠も何も、ひかりはこの目でしっかり男の顔を見たのだ。そう言おうとしたら、男たちのリーダー格らしき真紫のスーツを着た男に胸倉を掴まれた。

「今の言葉、訂正するなら今のうちだ。後で違いましたなんて話になったら、どうなるかわかってんだろ？」

脅して、あの夜のことをなかったことにするつもりなのだろうか。ひかりはまったく動じることなく、毅然《きぜん》として男を睨み返す。いっそここで一発くらい殴られた方が、合法的に男たちをここから追い出すことができるとさえ思っていた。ところが。

「ひかり先生をいじめるな！」

男の足元に、ふいに何かが絡みつく。見れば、スーツの男の足元にタツミがいる。小さな体で必死になってひかりを助けようと、男の足を両手で叩いていた。

「た、タツミ！」

「このガキ何しやがる！」

男がタツミに叩かれていた足を後ろに引くのと、ひかりが胸倉を摑まれた手を振り払って身を屈めるのは、ほぼ同時だった。

タツミを庇うように抱きしめたひかりの体が、横から容赦なく蹴り上げられる。そのままひかりの体は吹っ飛んで、側の水飲み場に蹴倒されてしまった。その勢いで、水道に繋がれていたホースが外れてひかりの体の上に冷たい水が降り注ぐ。蛇口から落ちる水を浴びながら、ひかりは低く呻いて蹴り上げられた脇腹《わきばら》を押さえた。

もしも自分が庇っていなかったら、この蹴りを直《じか》にタツミが受けていたのだと思うと、ぞっとする。

「勘弁してくれよ先生！　ガキの躾《しつけ》はしっかりしてもらわなくちゃ困るぜ！」

濡れねずみと化したひかりを見て、男たちが耳障りな声でゲラゲラと笑う。カッとなってそのまま立ち上がろうとして失敗したのは、脇腹の痛みのせいではなく、朝から続く眩暈のせいだった。冷たい水を被《かぶ》ったせいで、一気に熱が上がった気がする。

（チクショウ！　こんなときに、俺がしっかりしなくちゃいけないのに！）

ヒカリ幼稚園には温厚な園長夫妻とひかり、それから年配の女性幼稚園教員が二人しかいない。あんなチンピラの相手ができるのといったら自分くらいのものなのに。

（園長室に奴らを行かせちゃ駄目だ！　でも、立てない……！）

立ち上がろうとしたら、熱のせいで膝がガクガクと震えた。それでもなんとか立とうと再三足を踏み締めたところで、最前からひかりの上に降り注いでいた水が急に止まった。

見上げると、そこに瑚條が立っていた。瑚條は蛇口をひねって水を止め、ゆっくりとひかりの顔を覗き込む。

「大丈夫ですか、ひかり先生」

頷くより先に、ひかりは瑚條に向かって両腕を伸ばした。

「立たせてください！　あいつらを止めないと、園長先生に乱暴でもされたら、俺……っ」

腕を伸ばした拍子に脇腹が鈍く痛んで、思わず顔を顰《しか》めてしまった。そんなひかりの顔を気遣わし気に覗き込んで、瑚條はひかりの肩に手を置いた。

「大丈夫ですひかり先生。ほんの少しだけ、ここで待っていてください」

水で濡れて冷たくなった肩に、瑚條の手は随分と温かく感じた。瑚條はにっこりと笑うと、そのまま園長室へ向かう男たちの後を追う。

「待ってください」

普段と変わらない、落ち着いた低い声で瑚條が男たちを呼び止める。その後ろ姿を、ひかりはぼんやりと見詰めていた。

男たちが、瑚條の声に反応していっせいに強面をこちらに向ける。

そして瑚條の顔を見た途端、いっぺんに顔を強張らせてしまった。

「おい……まさか、アレ……」

「黒龍会の……？　冗談だろ……」

「なんだってこんな所に――……」

突然弱気になってざわざわし始めた男たちの言葉を遮るように、瑚條が凛《りん》と辺りに響き渡る声を上げた。

「どうぞ今日のところは、このままお引き取り願えませんか」

グッと男たちが言葉を詰まらせる。それでもすぐに園から出ていこうとしない彼らに一歩近づいて、瑚條は再び同じ言葉を繰り返した。

「お引き取りを」

瑚條の声が一段低くなる。

それだけで、今までさんざん居丈高な態度をとっていた男たちが一目散に園から出ていってしまった。

ひかりは全身ずぶ濡れで水飲み場に座り込んだまま、そんな瑚條の後ろ姿をずっと見ていた。しっかりと伸ばされた瑚條の背中が、こんなに広く、逞《たくま》しく感じたことはない。それを見て、なぜかひどく安心してしまったひかりは、そのままぷっつりと意識を手放してしまったのだった。

目が覚めると、園内の自室だった。辺りが暗い。今はすっかり夜のようだ。

自分がきちんと布団で寝かされていることに気づいたひかりは、起き上がろうとして顔を顰めた。脇腹と、背中、それから体の節々が痛い。息をするとヒューヒューと喉が鳴った。どうやら風邪が本格化してしまったらしい。

熱でぼやける視界の中、それでも必死で枕元《まくら》を探り、小さな笠のついたランプの明かりをつける。暗い室内にほのかなオレンジ色の光が広がった瞬間、部屋の扉が外から開いた。

「あらひかり先生。起きてたの？」

入ってきたのは園長夫人だった。まだぼんやりとした頭で瞬きを繰り返すひかりの枕元に膝をつくと、夫人は乾いた掌でひかりの額を包んだ。

「まだ大分熱があるわねぇ。脇腹には湿布をしておいたんだけど、まだ腫れてそう。ひかり先生覚えている？　貴方、水飲み場で水を被ったまま気を失ってしまったのよ？」

言われてみれば確かに、その辺りから記憶が曖昧になっている。

「先生最近頑張ってたものね。ここにきてどっと疲れが出ちゃったみたい。今日は私たちが泊まりの子の面倒をみるから、貴方はしっかり休んでらっしゃい」

「……そんな、駄目です、俺が……」

「いいから」

ひかりの言葉を遮って、夫人は薄暗闇の中で穏やかに笑った。

正直、起き上がることも辛いひかりは今日ばかりはその言葉に甘えることにした。

「……すみません」

大人しく布団に入り直したひかりを見て、夫人は満足気に笑う。

「またすぐに、様子を見にくるわね」

そう言って、夫人はゆっくりと立ち上がり部屋を出ていってしまった。

ひとりになった部屋の中、ひかりは気だるい溜息をついた。

(そういえば、ここのところいろいろなことがあって忙しかったから……気がつかないうちに疲れが溜《た》まってたのかな……)

天井を見上げて、ひかりはぼんやりと考える。

実際この一ヶ月で目が回るほどたくさんのことが起こった。

園に瑚條がやってきて、立ち退けだのつき合えだの言われたと思ったら、今度は瑚條が四歳児に戻ってしまった。黒崎たちと協力して源三から瑚條を隠したり、その間に園に火はつけられるわ、不審な男に襲われるわ、挙げ句源三がやってきて口論したり和解したり。

思い返せば、実に目まぐるしい一ヶ月間だった。

それに、気が抜けた、というせいもある。

父親と話をつけた瑚條がここにとどまるか否か、随分気になって悶々としていた気がする。

けれど結局瑚條はここに残り、そんなことに安堵《あんど》して気を抜いたらこの様だ。

（……俺、そんなに瑚條さんのこと引き止めたかったのかな……）

枕元のランプに照らされオレンジ色に染まる天井を見上げ、ひかりは茫洋《ぼうよう》と思いを巡らせる。けれど熱があるせいか、思考は一向にまとまらず行きつ戻りつするばかりだ。

（そういえば、今何時だろう……）

静かな部屋の中に響く時計の音がやけに大きく聞こえて、ひかりは荒い息の下、ぼんやりと考える。

（夜、なんだろうな、暗いし……。それにしても寒い……体痛い……）

頭の中でグルグルと回る言葉は一貫性を持たず、本能の根源的な部分ばかりを繰り返す。

暗い、寒い、痛い、苦しい。

（——……淋しい）

暗い部屋の中、ポツリと転がった言葉がひかりの胸を締めつけた。

その言葉は、一体どのくらい前に封印したものだったろうか。父親のいない淋しさを、気丈に振る舞う母の前で隠すために封印したのだったか、母親の葬儀の後、自分を甘やかさないために封印したのだったか。

随分と久方ぶりに思い出したその言葉は、長らく使っていなかったにもかかわらず、錆びもせずにひかりの胸に深く食い込む。病で心が弱っているせいか、こうしてひとりで伏せっているのがどうしようもなく淋しく感じた。

（ああ、しまった——……）

失敗した、と思ったときにはもう、ひかりの目尻から涙がこぼれていた。熱い肌に、涙がやけに冷たく感じる。

いい大人が、情けない。そうは思ったけれど、今ならすべて熱のせいにしてしまえる。こんなときくらい、泣いてしまってもいいだろうか。病気のせいだといって、感傷的になる自分を許してしまってもいいだろうか。

熱を出すたび優しく看病をしてくれた母を思い出して、今だけ泣いてもいいだろうか。

「……母さん」

寝返りを打ち、布団に顔を埋めてひかりは呟いた。こんなとき、自分の声に応えてくれる人のいないことが、なんだかますますひかりを淋しい気分にさせる。

こんな気持ちは、もう忘れた気でいたのに。

ほろほろとこめかみを伝う涙が布団の上に落ちて、次々に小さな染みを作っていく。

こんなとき、もしも両親が生きていたら優しく看護をしてくれただろうか。つきっきりで側にいてくれただろうか。少なくとも、こんなに淋しい思いはしないで済んだだろうか。

「……うっ」

噛み締めた唇から嗚咽が漏れる。

自分が愚にもつかないことを考えている自覚はあったけれど、それでもひかりは幸福な想像をしないではいられなかった。そんなことを考えたら、今の状況がますます耐えられなくなってしまうことはわかっていたのに。

布団の中で丸まって震えるひかりに、突如声がかかったのはその直後のことだ。

「先生、ご飯を……」

音もなく扉が開いたせいで室内に誰かが入ってきたことに気づかなかったひかりは、驚きすぎて勢いよく布団から顔を上げてしまった。自分が直前まで泣いていたことも失念して。

入口には、盆を持った瑚條が立っていた。薄暗い部屋の中、泣き腫らした顔をするひかりを認め、瑚條は大きく目を見開く。

「……ひかり先生、泣いてるんですか」

言われて、慌ててひかりは濡れた目元を拭った。その間に、後ろ手でドアを閉めた瑚條が足早にひかりの枕元へやってくる。

「どうしたんです、気分でも悪くなったんですか？」

横たわるひかりを瑚條が真上から覗き込んでくる。ひかるはふるふると首を振って、なんでもないとぎこちない笑みを返した。

瑚條は一瞬気遣わし気に眉を顰《ひそ》めたが、それきり深く追究することはせず、汗で額に張りつくひかりの髪を、大きな手でゆっくりと後ろに撫でつけた。

「園長先生の奥さんに言われて、先生にご飯を持ってきたんですよ。お粥《かゆ》ですけど、食べられますか？」

瑚條に髪を撫でられながら、ひかりはぼんやりと頷いた。その手が、とても心地いいと思いながら。

「起き上がれますか？　手を貸しますよ」

背中に瑚條の腕が差し込まれ、ひかりの体は逞しい腕に軽々と抱き起こされてしまう。

薄暗い部屋の中で瑚條の表情がよく見えないせいか、今夜の瑚條はやけに大人びて力強くひかりの目に映った。

「今、何時ですか……」

布団の上に座ることも覚束ず、瑚條の腕に凭れたままでひかりは尋ねる。

「九時ですよ。それよりきちんと座れますか？　無理そうならこのまま支えていますから、俺に寄りかかって食事をしてもらっても構いません」

「大丈夫です。俺は大丈夫ですから、蓮也さんはもう眠ってください」

荒い息の下、うわ言のようにひかりが呟く。

「蓮也さんは、もう眠らなくちゃ……九時なんて、もう眠い時間でしょう……？」

「……」

「俺なら本当に、大丈夫ですから……」

言葉とは裏腹に、ひかりの首は赤ん坊のようにグラグラとして安定しない。その上上半身は完璧に瑚條に預けてしまって、とてもひとりで座っていられる状態ではなかった。

「ひかり先生、無理しないでください」

耳元をくすぐるように、瑚條が優しい声で囁く。そしてそのまま、片腕でひかりの体を胸に抱き寄せてしまった。

「このまま食事にしましょう。体の力を抜いても大丈夫ですよ。きちんと支えていてあげますから」

ひかりの肩を抱いた状態で、瑚條は土鍋に入った粥を自分の手元に引き寄せた。

「スプーン持てますか？　無理なら食べさせてあげましょうか？」

頭をつけた瑚條の胸から、直に響いてくるなだらかな低い声。肩に回された腕はスラリとした見た目からは想像もつかないほど太く、ひかりの体をしっかりと囲い、寄りかかっても揺るぎもしない。そんなものにすっかり安堵してしまって、ひかりにしては大変珍しく甘えるような言葉が漏れた。

「……食べさせてください」

闇の中で、瑚條が微かに笑う気配がした。

「口を開けてください。ゆっくり。目は閉じてしまっても構いません」

言われるままにひかりは重い瞼を閉ざし、後は瑚條のするに任せた。

瑚條がきちんと冷ましてくれているのだろう。口元に運ばれる粥は火傷《やけど》をするほど熱くはない。だから安心して緩く口を開け瑚條の運ぶ粥を待つひかりは、なんだか自分が餌《えさ》を待つ雛鳥にでもなった気分になる。

こんなふうに、他人に自分のすべてを任せ切ってしまうなど何年ぶりのことだろう。

十七で家族を失ってから、自分のことはすべて自分でやってきた。辛いことは飲み込んで、悲しいことは押し隠して、弱音は自分で始末して、淋しい気持ちは忘れた振りで。

誰かに甘えることなど、もう随分前にやめてしまった。だって自分の周りには、無条件に甘えていい人などいなかった。

だから甘えたいと思うことすら、忘れたつもりでいたのに。

それなのに、弛緩した熱のある体を支えてくれる瑚條の腕は、そんなひかりが甘えてしまいたいと思うほど逞しく、温かい。

（このままこの人が、ずっとここにいてくれたらいいのに……）

瑚條が手ずから与えてくれる粥を咀嚼しながら、ひかりは熱のある頭でぼんやりと思う。

このまま瑚條が、記憶なんて戻らずに、四歳児のまま、ずっとここにいてくれたらいい。

黒龍会も何もかも、すべて投げ出してずっと自分の側にいてくれたらいいのに。

けれどいつか、瑚條のこの手も離れてしまうのだろう。だって瑚條は黒龍会の若社長で、見た目は二十八歳の立派な成人男性で、どう頑張ってもその事実だけは曲げられない。

願っても願っても、瑚條はいつか行ってしまう。

いつまでも、ここにいてくれるわけもない。

「……ひかり先生？」

それまで一定のペースでひかりの口元に匙《さじ》を運んでいた瑚條の手が止まった。突然、閉じたひかりの眦からぼろぼろと涙がこぼれてきたせいだ。

「先生？　先生どうしたんです？」

耳元で、うろたえたような瑚條の声がする。それでひかりは反射的に、自分がしっかりしなくてはと思う。

自分はこの園の教員だ。大好きな園長先生たちのために、職務はまっとうしなくては。自分を慕ってくれる可愛い子供たちのためにも、自分が頑張らないと。

それは今まで、繰り返し繰り返しひかりが自分自身に言い聞かせてきた言葉だった。

「大丈夫ですよ、大丈夫……」

まだ涙で頬を濡らしたまま、目を開けたものの視線も定まらないくせに、ひかりはいつもの顔で笑ってみせた。

そんなひかりを見下ろす瑚條からはしばらくなんの反応もなくて、やがて匙を盆に戻した瑚條は長い指先で静かにひかりの頬を拭った。そして身を屈めると、ひかりの耳元で噛んで含めるようにゆっくりと囁く。

「こんなときまで、先生の顔なんてしなくてもいいんですよ」

当のひかりは言われた意味がわからず、瑚條の言葉を頭の中で幾度も反芻《はんすう》した。

先生の顔ってなんだろう。目元に溜まった涙を瑚條の指先に拭われ、幾分冴《さ》えた視界の中で、ひかりは不可解なことを言った瑚條の顔を探す。

「意味がわからないって顔してますね。今教えてあげますから、そんなに不安そうな顔をしないでください」

瑚條の声は上の方から聞こえてくるのに、重たい頭では容易に上向くことができない。瑚條からは、ひかりの顔が見えているのだろうか。

ぐるぐると思いばかりが空回るひかりの頭を、瑚條の大きな手が撫でる。

「ひかり先生は優秀な先生だから、子供のためならどんな困難も厭《いと》わないんです。他人のために身を粉にすることもためらいません。それはとってもいいことだけど、ずっとそんなことをしていたら、ひかり先生が疲れてしまうでしょう？」

ぼんやりと瑚條の話を聞きながら、それでも首を振ろうとするひかりの頭を、瑚條は自分の胸に押しつける。

「わかってるんですよ。困っている人を見ると、先生放っておけないんですよね。自分は他人のために何かしている自覚なんてないんですよね」

だから周りの人間は救われるんです。

ひっそりとそう呟いて、瑚條は空いている方の手を伸ばし、両腕でひかりの体を囲った。

「でも先生、他人を甘やかしてばかりいたら、いつか先生が参ってしまいます。だからたまには、自分のことも甘やかしてあげてください」

瑚條の腕の中で、ひかりは幾度も瞬きをした。それから、瑚條の胸に頰を擦りつけるようにしてなんとか顔を上げると、困ったように瑚條を見上げて首を傾げる。

「すみません、俺には貴方が何を言っているのか、わかりません……」

それを見て、瑚條も一緒に困ったような顔をして笑った。

「困った人ですね。どうしてそんなに自分のことには疎いんです」

薄暗闇の中、ようやく瑚條の顔が見えた。案外近いところにあった瑚條の顔は、緩やかな笑みにかたどられている。

「俺に、甘えてくださいと言いたかったんです」

瑚條の目が温かく細められる。それを見た瞬間、なぜだか再び止まっていたはずの涙が目尻からこぼれてしまった。

だってそれは、両親を亡くしてからというものひかりが望んでやまなかった言葉だ。誰かに甘えたいなんて自分から言い出せないひかりが、ずっと誰かに言って欲しかった言葉だ。

「……甘える……？」

掠れた声で問いかける。

「きちんと甘やかしてあげますよ」

笑顔と共に、穏やかな返答が返ってくる。

そんなことが、嘘みたいに嬉しい。ますます涙が止まらなくなって、小さくしゃくり上げてしまうほど、嬉しい。

でも自分はこの園の職員だ。もう誰かに甘える年ではないし、これまでだってずっとひとりでなんでもやってきた。悲しいことや辛いことがあっても、なんとかひとりで踏ん張ってきた。

だから、瑚條の言葉は嬉しいけれど、本当にとても嬉しいけれど、そんなふうに他人に甘えてはいけないとひかりは自分に言い聞かせるように胸の中で繰り返す。

それを見透かしたのか、何事か言い募ろうとするひかりを瑚條が笑顔で押しとどめた。その後で降り注いだ瑚條の声はひたすらに優しくて、ひかりに一切の言葉を挟むことを放棄させるには十分すぎた。

「ねぇひかり先生、ひとりで頑張ろうとしないでください。たまにはこうして、他人に頼ったり甘えたりしてください。俺たちは待ってるんです。いつだって貴方が他人の力になろうとしているように、俺たちも貴方の力になりたいんです」

本当ですよ。

最後にそう言って微笑むと、瑚條はゆっくりとひかりの背中に回した腕に力を込めた。

薄暗闇の中で二人とも黙り込んだまま、一体どのくらいそうしていたのだろう。

長いこと瑚條の腕に囲われて、漸《ようよ》うひかりが、弱音を吐いた。

「……瑚條さん、俺……俺はもう……どうしたらいいのか、わかりません――……！」

ようやく吐き出されたひかりの言葉はいろいろな感情を圧縮していて、続きを促すように瑚條がひかりの背中を撫でた。優しい手の動きに後押しされ、ひかりは嗚咽混じりにそれまで溜め込んでいたいたものを全部吐き出すように一気にまくし立てた。

「この幼稚園、この先どうなるんですか……！　今日のことで、園に火をつけたり俺を襲ったりした人たちが黒龍会の人じゃないことはわかりました。でも、あの人たちはまた来るかもしれない。瑚條さんたちよりひどい方法で、俺たちをこの場所から追い出すかもしれない。それに、瑚條さんだって……！」

そこでぷつりと言葉を切ったひかりの背中を、瑚條が柔らかく叩く。

「俺が、なんですか？　怒らないから言ってください」

言葉の通り、穏やかな声で瑚條が問いかけてくる。

唇を噛んだひかりの目に、みるみるうちに新たな涙が浮かぶ。

この声はこんなに優しいのに、この大きな手はこんなに温かいのに、この人はこんなに自分の身を案じてくれるのに。

それなのに、きっと瑚條はそう遠くない未来、ここを去ってしまうのだ。黒龍会の社長に戻って、本来あるべき姿に戻って、それでひかりの元には、結局誰も残らないのだ。

瑚條の胸に手をついてほんの少し二人の間に隙間を作ったひかりは、顔を上げて泣きながら胸の内にある不安を吐露した。

「瑚條さんだって、記憶が戻ればここを出ていってしまうんでしょう！　それで前みたいに俺たちに、ここから立ち退くように言うんでしょう?」

耐えきれなくなったように嗚咽で言葉を詰まらせて、ひかりは瑚條の胸についた手を強く握り締めた。

「あ、貴方が……」

言ってしまっていいのだろうか。

瑚條は甘えてくれと、そう言った。

無茶な願いは、口にするだけでも相手を困らせる。それでも言ってしまいたかった。聞いて欲しかった。

「……貴方がずっと、ここにいてくれればいいのに——……!」

指先が白くなるほど強く瑚條の服を握り締めて、自分はどうしてもこの男を引き止めたかったのだと今更痛感する。

どうして今まで気がつかなかったのだろう。源三が瑚條をもうしばらくここに置いてくれと言ったとき馬鹿みたいに喜んでしまったのは、どんな形でもいいから瑚條をここに繋ぎ止めておきたかったからだ。

束の間の静寂の後、すがりつくひかりの手に瑚條の大きな手が重なった。

「それは、園のためですか」

瑚條がここにいる限り黒龍会は園に手を出さないからかと言外に問う瑚條に、違う違う、とひかりは大きく首を振った。

「園のためじゃないんです……だから、俺のわがままなんです」

もしかすると自分は教員失格なのかもしれない。園のことより、自分の想《おも》いを優先してしまった。

「ここじゃなくても、いいんです。貴方に、俺の側にいて欲しいんです――……」

再び、部屋に静寂が訪れる。

言ってしまってから、ひかりは急激な脱力感に襲われた。思い切って望みを口にしたものの、自分の耳で聞いてみればそれはどうあがいても無理な注文のように思われ、熱のせいとはいえ、とんだ馬鹿なことを口走った気になった。

ひかりがどんなに願ったところで、記憶が戻ればきっと瑚條は行ってしまう。だって記憶さえ戻れば、瑚條は黒龍会の立派な若社長なのだ。ここにいてくれるはずもない。

「……すみません蓮也さん……今の嘘です……忘れてください」

自然と、瑚條を呼ぶ名が子供に対するそれに戻る。瑚條の胸にすがりついていた指先から力が抜けて、そのまま力尽きたように布団の上に滑り落ちそうになったところを、瑚條の大きな手がしっかりと摑んだ。

「駄目です。ようやくひかり先生が本音を漏らしてくれたのに、なかったことになんてしてあげられません」

心なしか弾んだ声で瑚條が言う。子供のようなその声に、今はまだ、瑚條は黒龍会の若社長ではなく四歳児なのだと、そう感じてひかりは安心した。

四歳の瑚條にならどんなことを言っても許される気がして、ひかりの口がふっと軽くなった。普段なら思っても口にできないことも、今なら言える気さえする。

「俺本当は、園のことを真っ先に考えなくちゃいけなかったのに。貴方がここにいることが最優先事項だったなんて、先生失格です……」

熱のある頭で自分の心を探ってみたら、随分素直に深層にあるものに手が届いた。

瑚條を引き止めたかった。ここにいて欲しかった。ただ隣に、自分の側にいて欲しかった。

長く胸に溜めていた想いは、口にすると大分胸が軽くなる。大きく息をついて、ひかりは瑚條の胸に全身で凭れた。瑚條の広い胸は、ひかりが全体重を預けてしまってもびくともしない。代わりにゆっくりと髪を撫でられ、ひかりの瞼がとろりと下がった。

「でも俺、園のことも心配なんです……。だってここは大事な園長先生の園で、俺にとっても大切な場所で……だからここを守りたいんです。でももしまた今日の奴らが来たら、俺きちんとアイツらのこと追い払えるかな……。そう思うと、凄く、不安です……」

「大丈夫、大丈夫ですよ、ひかり先生」

弱音を吐いても、今夜は瑚條がすべて受け止めてくれる。大丈夫だと、そう言って笑ってくれる。

瑚條に大丈夫だと言われると、不思議とひかりも大丈夫な気がしてきて、こんな状況下にもかかわらず、妙に安心してしまった。

ひかりの体を抱きしめて、あやすようにその背中を叩きながら瑚條が柔らかな声で囁く。

耳をつけた胸から直に響く声は常より一層優しくて、ひかりはそのまま、とろとろとまどろ
んでしまいそうになる。温かい瑚條の体温が、それに追い討ちをかけた。

「ひかり先生、本当のことを言ってくれてありがとう。貴方は園のことが心配で、この幼稚
園はこの場所で、大切な園長先生に運営して欲しいんですね？」

もうほとんど目も開けていられない状況で、それでもひかりは頷いた。

「それから俺に、ずっと側にいて欲しいんですね……？」

確かめるように瑚條が呟く言葉に、ひかりは最後の力を振り絞って頷いた。同時に、それ
までより強く瑚條に抱きしめられて、その辺りでひかりの意識は途切れる
「いますよ、ずっと。俺はずっと、ひかり先生の側にいます」

ことさら優しく瑚條に囁かれて、ひかりは心から安堵して意識を手放した。

だから、その後で呟かれた瑚條の言葉は、眠るひかりの耳には届かない。

「ひかり先生、貴方は俺をたくさん助けてくれたから、今度は俺が、貴方を助けてあげる番です」

そして闇の中で、ひっそりと笑う気配。

「貴方のささやかなお願いくらい、叶《かな》えてあげられない俺じゃありません」

ひかりが必死の思いで口にした切なる願いをささやかと言い切って、そのまま瑚條の気配は部屋から消えた。

翌朝、ひかりは普段より大幅に遅れて目を覚ました。目覚まし時計も鳴らなければ誰も起こしにもこなかったらしい。枕元の時計は、すでに朝の九時を指している。

(ヤバイ……！　もう子供たちが来てる時間だ！　その上朝食作ってない！)

慌てて起き上がると、ぐらりと床が傾ぐ錯覚に襲われた。もう大分熱は下がったようだが、体の調子はまだ完璧ではないらしい。

それでもなんとか布団を出て、上下スウェットを着たまま部屋の扉に手をかけようとしたら、すんでのところで扉が外から開けられた。

驚いて飛び退いたひかりは、うっかり足をもつれさせて布団の上に尻餅《しりもち》をついてしまう。

「おや、ひかり先生起きていたんですか」

布団に倒れ込むひかりを見て、のほほんと言ったのは園長だ。その手には、昨日瑚條が持ってきたのと同じ小さな土鍋が載った盆がある。

「駄目ですよ、まだ眠っていないと」

室内に入ってきた園長が、諭すような口調で言ってひかりの体に布団をかけようとする。それを見て、ひかりは慌てて布団の上で上体を起こした。

「だ、駄目です！　俺もう起きられますから、すみません、今支度します！」

「これこれ、いけませんよ先生、大分よくなったとはいえまだ熱があるんですから、今日は一日安静にしていてください。声も、まだひどい鼻声じゃないですか」

それでもひかりは起き上がろうとする。その体を押しとどめきれなくなった園長が、普段温厚な表情を一変させた。

「こら！　きちんと寝ていなさい！」

これまで優しい顔しか見たことのなかった園長に一喝され、驚いてひかりは動きを止めてしまった。

目を丸くするひかりにきちんと布団をかけてやって、園長は少し困ったように笑った。

「病気のときくらい、きちんと体を休めてください。妻も、大分心配していたんですよ」

「す、すみません、あの、ご迷惑をおかけしまして……」

「そうではありません」

恐縮するひかりの前で、普段の穏やかな声に戻った園長が首を振る。

「ひかり先生はこの幼稚園に来てから、ほとんどまともなお休みをとったことがなかったでしょう。この園は資金も人手もぎりぎりで、若い貴方に随分無理をさせてしまった」

ひかりの枕元に正座をして、園長は微笑んで続ける。

「こんなときでなければ改めて言うことなんてできません。だから言わせてください」

何を言い出すつもりかと、固唾を飲んで事の成り行きを見守るひかりの前で、園長は一言一言、確かめるようにゆっくりと言った。

「今まで、この園のために尽力してくれてありがとう。私たちはいつだって、貴方に助けられてここまで来ました」

園長に思いもかけぬことを言われ、ひかりは驚いて首を横に振った。

「そんな、助けてもらったのは俺の方です。三年前、園長先生が俺のことを拾ってくれなかったら、俺きっと今頃……」

きっと、ロクでもない人生を歩んでいただろう。だからひかりはずっと、園長たちに恩返しがしたくて、役に立ちたくて。

それなのに、園長は困ったように笑うのだ。

「そのことを貴方が気にしているのなら、もう十分、恩は返していただきました。貴方は本当に今まで、私たちによくしてくれた」

でもそろそろ気づいてくださいと、園長は悪戯っぽく片目を瞑《つぶ》ってみせる。

「ひかり先生がそうは思っていなくても、私たち夫婦にとって貴方は家族も同然です。だからこんなときくらいは、私たちに甘えてください」

それは、なんだか聞き覚えのある言葉だった。

唐突に、昨夜の瑚條の言葉が蘇《よみがえ》る。

『ねぇひかり先生、ひとりで頑張ろうとしないでください。たまにはこうして、他人に頼ったり甘えたりしてください。俺たちは待ってるんです。いつだって貴方が他人の力になろうとしているように、俺たちも貴方の力になりたいんです』

本当にそうならば、こんなに嬉しいことはないと思った。その言葉を、今目の前で園長が繰り返している。

ぼんやりと視界が濁る。仰向けになっているひかりの目を、園長の乾いた手が覆ってひかりの瞼を閉じさせた。

「貴方が自分のことをどう思っていたのかは知りませんが、私たちはずっと、貴方を私たちの、大切な息子だと思っていましたよ」

園長が覆っている手の下から、温かな水がこぼれる。けれど園長は何も言わぬまま、ただ静かにひかりの目元を隠し続けてくれていた。だからひかりは、なんのためらいもなく泣くことができる。園長の手の下の仄白《ほのじろ》い闇の中で、涙は幾らでも溢れてきた。

三年前、失ったと思っていた家族がこんな形で帰ってきた。

——……見つけてくれて、受け入れてくれて、認めてくれて、ありがとう。

園長にそう言いたかったのだけれど、口を開けばすべて嗚咽になってしまいそうで、ひかりは声も上げず、ただ静かに泣いた。

しばらくして、ようやくひかりの頬が乾いた頃、目を覆う園長の手がゆっくりと外された。

途端に目を射す朝の光が眩しい。

「子供たちは、今日は私たちが面倒をみますから、ひかり先生はゆっくり休んでいてくださいね」

今度は素直に頷いて、ひかりはまだ赤く充血する目でそっと園長を見上げた。

「あ、あの、そういえば、蓮也さん……今日はどうしてますか……」

園長の前で泣いたことで、昨晩瑚條に情けないところを見られたことを思い出し、ひかりは窺うような声を出した。

瑚條のことだから、自分が泣いたことを他人に言いふらしたりはしないだろうが、それでもやっぱり気になった。

ところが、園長から返ってきたのはひかりが予想だにしていなかった言葉で、ひかりは一瞬、己の耳を疑うことになる。

「ああ、蓮也さんなら、今朝方退園しましたよ。黒崎さんが来るなり、記憶が戻ったからと、慌てて……」

「え」

短い声を上げ、それきりひかりは絶句する。

瑚條の記憶が戻った？

そして瑚條は、ここを去ってしまった……？

何かを言いかけ、それから一度唾を飲み、ひかりはぎこちなく口を開く。

「そ、うなんです、か」

言葉がぶつ切りになる。それでもひかりは平生を装った。実際は平生のようにはとても見えなかっただろうが、必死で叫びたくなる唇だけは噛み締めた。人前で、取り乱すのだけは避けたかった。一度感情が暴走したら、そのまま手がつけられなくなってしまう自覚があったからだ。

朝食の粥を置いて園長が部屋を出ると、ひかりは布団の上でぼんやりと天井を仰ぎ見た。

（……瑚條さん、帰ったんだ）

昨夜、この部屋にいたときは、確かに四歳の子供だったのだけれど。

（記憶が、戻ったんだ）

瑚條の記憶が戻ればここにいられないことくらい、ずっと前からわかっていたはずだったのに。

（……声も、かけてもらえなかった）

せめて一言声をかけて欲しかった。記憶が戻った瞬間、瑚條は一体どんな顔をしたのだろう。

案外、幼児退行していたときの記憶はないのかもしれない。この一ヶ月のことをすべて忘れて瑚條は園を出ていったのだろうか。けれどそれを確かめる術も、もうないのだ。

(だったら昨日のことも、忘れてるんだろうな……)

だから責める筋合いはないのだと、ひかりは自分に言い聞かせた。

言い聞かせたのに、ひかりは自分の感情をいなすことができない。

(でもあの人は、ずっと側にいるって言ってくれたんだ……!)

穏やかな声で、優しい笑顔で、確かにそう言ってくれたのはほんの少し前のことなのに。

でも瑚條は行ってしまった。

もっときちんと引き止めておけばよかったのだろうか。けれど、あれがひかりの精一杯だったのだ。熱に浮かされ、漸うあの言葉を口にしたことが、ひかりにできるすべてだった。

それで瑚條が行ってしまったのなら、仕方がない。仕方がないのだけれど、それを受け入れることは容易ではなかった。

朝の光から逃れるように布団の中に潜り込み、ひかりは声を押し殺して泣いた。

結局、その日一日中泣いていたひかりの熱が下がったのは、翌日になってからのことだった。

六月も終わりに近づいて、日差しは初夏の眩しさを孕《はら》んできた。

照り返す光の中、今日もヒカリ幼稚園からは賑やかな子供の笑い声が響く。

その光の中で一際明るく笑っているのは、ひかりだ。子供たちと手を繋いで遊ぶその顔に、笑顔が絶えることはない。明るい笑顔の下で、その横顔が数日前と比べてほんの少し痩《や》せたことに気づくのは難しい。

瑚條がひかりに何も言わぬままヒカリ幼稚園を去ってからすでに十日が経っている。その間瑚條からはなんの連絡もなく、いつかの柄の悪い集団もあれきり来ない。

本来あるべき姿を取り戻したヒカリ幼稚園は平和だった。たったひとつのことを除けば。

「ひかり先生、大丈夫？」

ふいに、足元から子供の声がした。ひかりは慌てて下を向く。どうやらぼんやりしていたせいで随分前から子供に呼ばれていたのに気がつかなかったらしい。

「ああ、ごめんごめん」

屈み込んだひかりの顔を、周りに集まってきた子供たちが心配そうに覗き込む。

「ひかり先生最近元気ないよ？」

「どこか痛い？」

一瞬どきりとしたものの、ひかりは子供たちの不安を振り払うように元気よく大丈夫だと言って笑う。

最近、こういうことが多い。

どんなに笑顔を取り繕ってみても、勘のいい子供たちにはすべて見透かされる。

瑚條が自分に何も言わずにここを去ってしまったのがよほどショックだったのだろうか。

いい加減立ち直らなくてはと思いながらも、気がつけばいつもひかりはぼんやりと遠くを見ている。これまで塞ぎ込んだひかりの姿など見たことのなかった子供たちが、そんなひかりを案じるのも無理はなかった。

(子供たちに心配されるなんて先生失格だな)

苦笑して、ひかりはことさら張りのある声を上げた。

「よぉし！　ドッジボールする者この指止まれー！」

腰を屈めて満面の笑みでひかりが人差し指を立てれば、ワッと子供たちが集まってくる。

運動場に靴の先でコートを書いて、柔らかな水色のボールを投げ込んで、青空の下でドッジボールが始まる。

ひかりは相変わらず弾けるような笑顔で、年長の子供から年少の子供を庇い、手加減しながらボールを投げて。

ふいに、子供の投げたボールが大きく軌道を外れた。

「あっ……」

青空に、水色のボールが高く上がって彼方でにじむ。ボールは大きな弧を描いて、園のフェンスの外に出てしまった。

ひかりはその光景に懐かしい既視感を覚えた。こんな光景を、つい最近も見た気がする。

ふと思い出したそれに、ひかりの口元が緩んだ。

「あのボール、俺が取りに行ってくるから、皆はこっちで遊んでるんだぞ」

あのときと同じ行動をトレースしてみる。ドッジボールのコートの中にピンクのボールを放り込んで、ひかりは正門に向かった。

一ヶ月前、やっぱり今のようにドッジボールをしていたら瑚條がやってきたのだ。

(園の外に転がったボール片手に、瑚條さんがあそこの門の所に立ってたんだよな)

ほんの一ヶ月前のことがやけに懐かしい。小さく笑って駆け出したひかりは、けれど早々にその足を止めてしまった。

門の所に、誰かいる。

その姿を見た途端、ひかりは動き出すことができなくなってしまった。

白昼夢でも、見ているのだろうか。

門の向こうには、一ヶ月前と寸分違わぬ姿で立つ瑚條の姿があった。あの日と同様、ダークスーツを着て、片手に水色のボールを持っている。

けれどあの日と違うのは、瑚條がそのまま門の外にいることなく、ゆっくりと園内に入ってきたことだ。その背後には、黒崎たちの姿もある。

段々とこちらに近づいてくるその集団を、ひかりは呆然と見詰めた。

いつかここにやってきた柄の悪いチンピラまがいの男たちとは一線を画する黒い集団は、今なお真正面から近づいてくると迫力が違う。

そして、その集団の先頭を歩く瑚條はもう間違いなく黒龍会の若社長であって、一ヶ月間ひかりの傍らで過ごした四歳の園児ではないのだった。

久しぶりに見るスーツ姿の瑚條は幼さの欠片《かけら》もなくて、精悍な顔立ちがことさら強調されているように見えた。すらりとした長身に、ダークグレーの髪はまるでモデルだ。

今更のように、そんな瑚條を見てひかりの胸が疼いた。

立ち竦むひかりの元に、ゆっくりと瑚條が近づいてくる。そして、あと一歩のところで立ち止まると、瑚條はひかりに向かってにこりと笑った。

「お久しぶりです、ひかり先生」

その如才ない笑顔を見た瞬間、ひかりは悟った。

（ああ、もう、あの時間はなかったことになったんだ——……）

目の前の瑚條の表情に、いつか見た子供のような笑顔はない。見せつけられたのは、黒龍会の若社長としての営業用の笑顔だ。

「園に、何かご用ですか……」

自分でも予想しなかったほど傷ついていることに気づかれたくなくて、ひかりは必要以上に硬い表情で瑚條を見上げる。そんなひかりを見下ろして、瑚條はやっぱりなだらかに感情の窺えない笑顔を浮かべた。

「用があるから来たんです。長く滞っていた話し合いが、やっとまとまりそうなんです」

来園の目的が思った通り土地に関することなのだとわかって、胸の中でほんの少し期待していたひかりは俯いてしまった。

自分に会いにきてくれたのだと、そんな甘い期待は見事に裏切られ、もうひかりは瑚條の前でどんな顔をしたらいいのかわからない。そんなひかりを見ても眉ひとつ動かすことなく、瑚條は手にしていたボールを子供たちのいる方に放って笑う。

「そうそう、今日は先生も話し合いに加わってくださいね。先生だってこの園の関係者なんですから、最後くらいきちんと出席していただきましょう」

（……最後）

瑚條がなんの気なしに口にしたのだろう言葉が、ひかりの胸を深く抉《えぐ》った。

このまま瑚條の言う『話し合い』がまとまったら、自分たちはこの場所を離れ、ヒカリ幼稚園も閉鎖されてしまうのだろうか。

そしてこの先、自分が瑚條と関わることも、もうないのかもしれない。

「ほら、早く行きましょう」

黙ったままのひかりの手を摑んで、瑚條が園舎に向かって歩き出す。ひかりはその手を振り払うでもなく、ただ緩く瑚條の手を握り返した。

けれど前を行く瑚條の背中は振り返らない。

ひかりは繫がれた二人の手をそっと見下ろす。この手が離れて、話し合いが終わったら、きっとそれで終わりだ。

瑚條のことを、他の園児たちと同じように「蓮也さん」と呼ぶことも、もう二度とない。

(これで最後だ――……)

深く俯き、一度強く瑚條の手を握り締めてから、ひかりは気丈に前を向いて歩く。

その顔には、何かを吹っ切ったようなきっぱりとした表情が浮かんでいた。

(最後くらい、瑚條さんの前でしっかり前を向いていよう)

項垂れた表情から一瞬で先生の顔になったひかりは、瑚條に手を引かれたまま真っ直ぐ前を見て園舎へ向かった。

こんなときまで先生の顔をしなくてもいいんですよ、と笑った瑚條が、今はひどく懐かしかった。

応接間のソファーに腰かけるなり、瑚條はテーブルの上にザッと大きな紙を広げた。

「ここに、マンションを建てることになりました」

ひかりは園長夫妻の座るソファーの後ろに立って、瑚條の広げた紙を見下ろす。大きな紙には、マンションの完成図が描かれていた。

予想していた事態とはいえ、ひかりはとっさに自分のとるべき反応に迷った。ここで今更猛反発してみても話は半ば決まっていて、一介の職員の言葉など黙殺されるに違いない。

瑚條はてきぱきと話を進め、長い指先で図案を指差す。

「建物の周りには緑を多く取り入れて……ここを見てください、こんなふうに中庭と、公園も敷地内に作るつもりです。休日に家族が散策できるような。だからここの道は石畳になっています」

見た目はまったく変わらないのに、歯切れよく喋る瑚條の姿にこの園に寝泊まりしていた頃の面影はない。

園にいた頃の瑚條はどちらかというと引っ込み思案で、ひかりより大きな体なのにひかりの後ろに隠れることも多かった。

今日あった出来事を楽しそうに喋り、もう少しこの園にいたいのだとはにかんだように言った瑚條は、今日の前でこの園を潰した後の建設予定について流暢に喋り続けている。

「マンションは一部屋ごとの面積を大きくとって、家族向けの間取りにする予定です。ここは環境がいいから、きっと子供連れの家族も多く集まると思いますよ」

いい加減、そんな話を事細かにされても困ると言ってやろうかとひかりは思った。だって瑚條が本当に言いたいのはこんな話ではないはずだ。きっとこの長い前置きが終わったら、瑚條はこう言うに決まっている。

そういうわけですから、貴方たちはここを立ち退いてください。

そのときは、さすがに瑚條の顔面を力一杯殴っても許されるだろうか。

「それでですね」

ふいに瑚條が居住まいを正し、いよいよかとひかりは拳を固めて瑚條の言葉を待った。

瑚條が大きく息を吸い込む。ひかりもゆっくりと拳を後ろに引く。引き絞った弓のように全身の神経を拳に集中させていたひかりの前で、瑚條は言った。

「このマンションの中に、ヒカリ幼稚園を残して欲しいんです」

固めた拳を振り上げようとして、ひかりは硬直した。

——……なんだ？　今瑚條は、なんと言った？

握り締めた拳のやり場がわからない。混乱するひかりの前で、話し合いは淀みなく続く。

「ここの、中庭の隣が今この幼稚園のある場所になります。マンションを建てる間も、幼稚園は変わらず運営していただいて構いません。その辺りは支障のないように工事を進めさせていただきます」

目を白黒させるひかりの前で、園長夫婦は驚いた様子もない。

「でも瑚條さん、貴方は先日この土地を買い取りたいとおっしゃったでしょう。そうなったら、この園は誰のものになるんです？」

それまで大人しく話を聞いていた園長に笑顔で問われ、瑚條も笑顔でそれに答える。

「土地は私たちのものになっても、園そのものの所有者は変わりません。一応、私たちがそちらに土地をお貸しする形になりますが……」

言いながら、瑚條は図案に描かれた、マンションの真ん中に立つ小さな赤い屋根を愛《いと》し気に指でなぞった。

「できれば、このマンションのセールスポイントに、敷地内に幼稚園があることを加えたいんです。それに必要なのは、他ならぬこの園なんです。ヒカリ幼稚園でなければ、意味がないんです。だから私たちは、頭を下げてでも貴方たちにご協力を仰ぎたいんです」

一体どこまでひかりの許容量を超えた話し合いは続くのだろう。まったく以《もっ》て考えも及ばなかった計画が、ひかりの前で着々と全貌《ぜんぼう》を露にする。

「ここにヒカリ幼稚園を残していただけるなら、運営方針に口出しはしません。でも、援助はさせていただきます」

国の援助のないヒカリ幼稚園にとって、これほど都合のいい話があるだろうか。言葉も出ないひかりの前で、瑚條は隣に立つ黒崎から茶封筒を受け取って中身をテーブルの上に出す。

「構想はほとんど立っていますが、実際の着工は三年も先の話です。その間に気が変わるようなら契約を破棄していただいても構いませんので、仮契約だけでも先に……」

「ま、待ってください！　そんなの話が急すぎます！」

突然現れた物々しい契約書にうろたえて、初めてひかりが横から口を挟んだ。

けれどそれに応えたのは、瑚條ではなく、園長夫妻だ。

「大丈夫よ、ひかり先生。私たち、瑚條さんが記憶喪失になる前から大体のお話は伺っていたの」

「えっ……」

「私たちにとっても決して悪い話ではないから、すぐにひかり先生にも相談しようと思ったのだけれど、瑚條さんに止められてね」

驚いて瑚條に視線を移すと、瑚條は膝の上で指を組んだまま、少し困ったように笑った。

「ひかり先生を、ちょっと驚かせたかったんですよ」

「あ……」

当たり前だ。

ずっと土地を狙われていると思っていたのに、突然こんな話をされて驚かない馬鹿がどこにいる。

瑚條に憤りをぶつける余力もなくただ呆然と立ち尽くすひかりの前で、つつがなく仮契約は結ばれてしまった。

園長のサインを得た契約書を受領すると、瑚條は大きく息を吐いて背中からソファーに凭れた。

「これでもう、吉田組もチャチな手は出してこないでしょう」

くつろいだ様子で黒崎に契約書を渡す瑚條を見て、ひかりは首を傾げる。

「あの、吉田組って……?」

「ああ、園に火をつけようとしたり無断で園に入ってきたりした、柄の悪い連中ですよ」

自分たちもヤクザ者でありながら、飄々《ひょうひょう》と吉田組の人間を柄が悪いと言い切った瑚條の感覚がわからない。確かに、彼らが瑚條たちよりよほど礼節や常識をわきまえていなかったことはひかりも認めるところだが。

「その、吉田組っていうのはやっぱりヤクザの組なんですか……?」

「ええ、小さな規模の組ですが、ちょっと質が悪いんですよ。今回だって素人さんに手を出そうとしたでしょう。ひかり先生も相当ちょっかいを出されたようだから……」

そこで一度言葉を切ると、瑚條は微笑んで手にしたコーヒーカップを軽く掲げてみせた。

「ちょっとばかり、キツイお灸《きゅう》を据えておきました」

特にひかり先生のこと蹴り飛ばした男ね、と言い添える瑚條に、どんな灸を据えたのか聞きたいような、恐ろしくて聞きたくないような。

そこまで考えたところで、ひかりはハッと顔を強張らせた。

「ち、ちょっと待ってください！　瑚條さんどうして俺があの人たちに蹴り飛ばされたことなんて知ってるんですか！」

確かひかりが蹴り飛ばされたところを瑚條が見たのは、まだ瑚條が幼児退行していたときのはずだ。それをどうして瑚條が知っているのか。

瑚條は黙ったまま一口コーヒーを啜ると、落ち着いた仕種でカップをソーサーに戻してゆっくりと立ち上がった。

「その辺の詳しいお話がまだでしたね」

「く、詳しいって……？」

「すみません、ちょっとひかり先生、お借りしますよ」

突然ひかりの腕を摑んで、瑚條はひかりを引っ張るように部屋を出ていってしまう。

そんな二人の背中にかけられたのは園長夫人の、場違いなほど平和な『ごゆっくりどうぞ』という言葉だけだった。

「瑚條さん！　瑚條さんちょっと待ってくださいよ！」

園児たちが昼寝をしている幼稚園は昼間といえどもほとんど人気がなく静かだ。無人の運動場に、ひかりのうろたえたような声だけがやけに大きく響き渡る。

瑚條に手を引かれて運動場を横切りながら、ひかりは必死で瑚條の背中に問いかける。

「一体どういうことなんですか！　立ち退けなんて言ってたくせに、俺たち職員にあんな話を隠していたなんてひどいじゃないですか！」

「それは仕方なかったんです。初めてこの幼稚園に来たとき、俺はまだここを買い取る気はなかったんです」

ひかりの手を引いて歩き続ける瑚條の背に、ひかりの驚いたような視線が突き刺さる。

「じゃあなんで立ち退けなんて言ったんですか！」

運動場の真ん中まで来たとき、ようやく瑚條が立ち止まってひかりの方を振り返った。もちろん、ひかりの手首は摑んだままで。

「先生、ここはとても微妙な位置に建っているんです。俺たちの組と吉田組は、ちょうどこの辺りを境にシマを分けています。でもここは俺たちが持つ土地の中でも群を抜いて立地がいい。当然、黒龍会も吉田組も、どちらもここを狙っていました。そしてどちらが先に手を出しても、ここはいざこざを避けられない場所だったんです」

瑚條はひかりを見下ろして、一息でそこまで言った。

三年間もここで暮らしていたのに、二つのヤクザの組から土地を狙われていたなんて気づきもしなかったひかりは、今更のようにここで高鼾《たかいびき》を搔いていた自分に青褪めた。

「だからここは、長いこと不可侵の土地だったんです。でも最近吉田組の組長が亡くなって、事態が急変しました。組長のドラ息子が俺たちに宣戦布告をする算段でここに手を出そうとしたんです。先生も知っての通り、頭を新たにした吉田組は質が悪かった。だから、素人さんに被害が及ぶ前に、俺たちが先手を打っておこうという話になったんです」

だからここに来ましたと、瑚條は真摯な目をして言った。早口にまくし立てながらもその声音は切実で、ひかりは返す言葉に迷う。

「でも……だったらどうして、立ち退けなんて……」

「すみません、この園の人間がどれだけヤクザ相手に対抗できるか見ておきたかったんです。ちょっと目を離した隙に、吉田組に脅迫まがいのことをされて土地を奪われるようでは困ります。それで吉田組に、黒龍会と土地を奪い合って競り勝った、なんて吹聴されたら俺たちの面子《メンツ》にも関わるんです。それに——……」

そこまで言って、瑚條は言い難そうにひかりから目を逸らした。そして、再びひかりの手を引いて歩き出してしまう。

「ちょっと、ちょっと待ってください瑚條さん！　それに、の続きはなんなんですか！」

ひかりの問いには答えようとはせず、瑚條は黙々と歩き続ける。ひかりよりずっと上背のある瑚條の歩幅は広く、引きずられるように手を引かれて連れてこられたのは、応接間から一番遠いひかりの自室だった。

コンクリートの外回廊から園舎に上がり込み、畳敷きのひかりの部屋に入る瑚條の後を追って、ひかりはいい加減瑚條に摑まれた手を振りほどこうとする。

「ちゃんと答えてください！　俺、他にもたくさん訊きたいことが――……」

「そんなことより」

振りほどいたはずの手首を、再び易々《やすやす》と瑚條が摑む。そのままひかりの体を引き寄せて、瑚條は両腕で強くひかりを抱きしめた。

「ひかり先生、瘦せたんじゃないんですか？」

切迫した声で、瑚條が最初に言ったのはそんな言葉だった。

抱きしめられたままカッと顔を赤くしたひかりは、瑚條の腕の中で声を荒らげる。

「わ、わざわざ人をこんな所まで連れ出して何を言うかと思ったら……！」

「何言ってるんですか！　ちょっと見ないうちにこんなに窶《やつ》れて蒼白い顔をして、心配しない方がどうかしてます！」

押しつけられた瑚條の肩口から、いつか嗅いだ煙草の匂いがした。

もう本当に瑚條は子供ではないのだと、ひかりは再三にわたって確認する。

「正門の前で先生を見たときは、遠目にも瘦せたのがわかってびっくりしました。園長先生と話をしているときも気が気でなかったんですが、今はとにかく吉田組より先に仮契約だけでも結んでおくことが先決だったから気ばかり逸ってしまって……」

その声は以前のように頼りな気な幼さを残しておらず、瑚條は本来あるべき姿に戻って、それでもこうしてひかりの身を案じてくれる。

ひかりを抱きしめる腕は言葉と共に一層強くなって、痛いくらいのそれは力強くて、逞しくて、相変わらず、温かくて。

瑚條の記憶が戻ったら、きっともう、こんなふうに触れられることはないと思っていたのに――……。

「ひ、ひかり先生⁉」

ひかりの体からずるりと力が抜けて、そのまま膝が折れそうになったのを瑚條が慌てて抱き止めた。

「先生？　ちょっと急に……どうしたんです」

「…………三キロ」

瑚條に抱き止められたまま、ぼそりとひかりが呟いた言葉に瑚條が耳を澄ませる。

「瑚條さんがいなくなってから、三キロも体重が落ちました」

「えっ……だってまだ、十日くらいしか……」

「今日できっちり十日目です。この十日間、ほとんどまともに飯を食ってません。夜もあまり、よく眠れませんでした」

貧血気味の体を瑚條に預けて、ひかりは詰るような口調で言った。

瑚條はしばらくひかりの体を受け止めたままで、それから突然、力任せにひかりの体を抱きしめてきた。骨が軋むほどの強さに、さすがにひかりも悲鳴を上げる。

「こ、瑚條さん！　痛い痛い痛い！」

唯一自由に動く肘から先を上げバシバシと瑚條の背中を叩いてもびくともしない。ささやかなひかりの抵抗など意にも介さない様子で、瑚條はひかりの首筋に顔を埋め、嬉しそうにこんなことを言ってくる。

「ひかり先生、そんなに窶れるほど俺のことを想ってくれてたんですか？」

「な…っ…」

「よかった、久しぶりに顔を見たら随分げっそりしていたから病気にでもなったのかと思ってたんですが、そういうことなら安心しました」

「ちがっ、違います！」

顔を真っ赤にして言い返してみるけれど、瑚條はまったく聞き入れてくれない。そのまま機嫌よく笑って、猫の子でもあやすようにひかりの背中を優しく叩いた。

「だって先生、俺がいなくなってから食事も喉を通らなくなって、夜も眠れなかったんでしょう？　それって立派な恋窶れですよ」

「違うって言っているじゃないですか！」

「素直じゃない人ですねぇ。この前ここで熱を出したときは、あんなに素直で可愛かったのに」

「……っ！」

ひかりの顔が極限まで強張って赤くなる。こんなときこそ顔を見られたくないのに、瑚條は今までどうやっても離してくれなかった腕を緩め、真正面からひかりの顔を覗き込む。

「覚えてます？　先生ここで、泣きながら俺にすがりついて言ったんですよ。貴方がずっと、ここにいてくれたらいいのにって」

そんなの、覚えているに決まっている。

熱で頭は朦朧としていたけれど、それでも自分は瑚條を引き止めるのに必死だった。胸の底から振り絞るようにして口にした言葉は、ひかり自身の記憶にもまだ鮮明だ。

唐突にそんな話を持ち出され羞恥《しゅうち》でパニックを起こしかけていたひかりは、そこでハッとある疑問に到達した。

「どうして瑚條さんがそんなことを知ってるんです！」

話をごまかしたい思いも手伝って、ひかりはかなり乱暴に瑚條の胸倉を摑んで詰め寄る。

「瑚條さん、あのときはまだ記憶が戻ってなかったんじゃないんですか？　それとも貴方、記憶がなかったときのことも覚えてるんですか！」

自分より十近く年下の幼稚園教員に胸倉を摑まれた黒龍会の若社長は、そんな行為も甘受したまま、にっこりと笑った。

「実は、この園で生活していたときのことは全部覚えています」

「お、覚えてるんですか……？」

「覚えてます。でも、ひかり先生が熱を出したあの夜には、もうすっかり記憶が戻っていました」

けろりとして言い放たれた瑚條の言葉に、ひかりの目が、点になった。

「は、はい？」

「あの日、覚えていませんか、園長先生の奥さんの代わりに電球を取り替えようとして、俺椅子から足を滑らせてしばらく昏倒していたでしょう。あの後、目を覚ましたら全部思い出していました」

ということは、幼稚園から吉田組を追い払った時点ですでに瑚條は四歳児ではなかったのだ。あのとき瑚條はすべて思い出していて、だから、つまり。

あの夜ひかりは四歳の子供に泣きついているつもりで、その実黒龍会の若社長にすがっていたのだ。

四歳の子供に慰められるのと、二十八歳の男に抱いてあやされるのとではわけが違う。

いっぺんに青褪めたひかりを見て、瑚條は実に楽しそうに笑う。

「さすがに俺もあのときは、理性を生かしておくのに必死だったんですよ。ひかり先生は完璧に俺のことを幼児扱いしているし、ここで押し倒しても洒落《しゃれ》か冗談にしかならないだろうなぁと思いまして」

「ななな、何馬鹿なこと言ってるんですか！」

もうひかりは青くなったり赤くなったりするばかりでまともに瑚條に対応できない。

困惑した表情でしどろもどろになるひかりを見て、楽しそうに喉の奥で笑っていた瑚條がふいに表情を改めた。

「あのときは、吉田組が来たり先生が熱を出して倒れてしまったりしてうやむやになってしまいましたが、本当は俺、記憶が戻ったとき真っ先にひかり先生にお礼を言おうと思っていたんです」

ひかりの両手を一まとめにするとそれを両手で包んで、瑚條はゆっくりと長身を屈めた。

「さすがに照れるので、ひかり先生は黙って聞いていてくださいね」

ちょっと照れたように苦笑して、瑚條が自分の額をひかりの額に押しつけてくる。こつんと互いの額が触れた瞬間、ひかりは全身の血が沸騰するかと思った。

（こ……この状況じゃ……口利けって言われも声も出ないだろ……！）

硬直するひかりに構わず、瑚條がゆっくりと目を閉じる。真正面で見るその顔は敬虔《けいけん》な聖職者に似た厳かさで、その静かな面を前に、ひかりも身動きすることをやめた。

「ひかり先生、一ヶ月近く、俺をここで他の子供たちと変わらず扱ってくれてありがとう」

あまりに近くで喋るせいで唇に瑚條の吐息がかかる。ドキリと震えた心臓には気づかない振りで、ひかりは大人しく瑚條の言葉に耳を傾けた。

「正直、本気で嬉しかったんです。こんな年になってから言うのもおかしなことかもしれませんが、他の子供たちと一緒になって遊んだり、他の子供と変わらず先生に怒られたりしたのが、今思い出しても最高に楽しくて……」

目を閉じたままほんの少し微笑んだ瑚條は本当に嬉しそうで、こんなときなのにひかりはその顔に見とれる。もしも瑚條に両手を摑まれていなかったら、指先を伸ばして彫像のように整った顔に触れてしまっていたかもしれない。

「それから、父のことも、感謝しています」

瑚條がひかりの手を、前より強く握り締めた。

「他の組員たちも腫れ物に触るようにしていた俺たちの親子関係を、もう一度見直す機会をくれて、ありがとう。この年になって、俺はもう父に対してわだかまる気持ちを抱えていたつもりはなかったけれど、十分わだかまっていたんだと、ひかり先生が教えてくれたんです」

ゆるりと、瑚條が目を開いた。ひかりは迷うことなく、その深い闇色の瞳を覗き込む。

瑚條はその目にひかりだけ映して、温かく目を細めた。

「ひかり先生、ありがとう。俺は貴方に、たくさんたくさんお礼を言わなくちゃ。ありがとう。貴方のおかげで、俺は救われた気分です」

唇に、吐息がかかる。

いつの間にか近づいていた瑚條の顔が、ほとんど鼻もつきそうなところにあることに気づきながら、ひかりは顔を背けようとはしなかった。

「貴方のことが、大切です。だから俺は、貴方のためにできる限りのことをします。実際、ヒカリ幼稚園はこの場所で、園長先生の運営方針の下存続されることになったし……」

焦点がぼやけるほどすぐ側で、瑚條がゆるりと笑った。

「こうして俺は、貴方の側にいるでしょう……？」

ひかりはそれに答える代わりに、ただゆっくりと目を閉じた。気配でそれを察した瑚條が静かに体を傾ける。

唇が柔らかく重なって、足元がふわりと浮き上がるような錯覚に襲われた。

だから、もういいか、とひかりは思う。もう認めてしまってもいいか、と。

相手は自分と同じ男で、ヤクザで極道者で黒龍会の若社長だけれど。

やっぱり自分は、瑚條のことが好きだ。

こんなにもこんなにも、瑚條に両手を掴まれただけで、こうして唇を重ねただけで、馬鹿みたいに心拍数が上がって何も考えられなくなってしまうほど、瑚條のことを愛しく思う。

このまま離さないで欲しいと思ってしまうほど、おとぎ話で見た永遠を願ってしまうほど、自分でも気づかないうちに、こんなにも好きになっていた。

触れるだけのキスの後、真正面からひかりの顔を覗き込んで瑚條が子供のように笑う。

「抵抗しないということは、ひかり先生もようやく俺の想いを受け入れてくれたということでしょうか？」

その通りではあるが、余裕たっぷりの瑚條の前で素直に頷くのはなんだか癪《しゃく》で、ひかりは赤い顔でそっぽを向く。

「ようやくって貴方、いつからそんなふうに俺のこと……」

「いつからって先生、最初からそう言ってたじゃないですか」

思わず、身に覚えがない、という顔をしてしまったのを瑚條に見咎められ、ひかりは再び瑚條の逞しい腕の中に囲い込まれる羽目になった。

「ひどいじゃないですか先生！　俺最初から、つき合ってくれたら園の立ち退きはなかったことにするって言ってたでしょう？」

「そ、それって、それは脅しか嫌がらせだと……」

「失礼な。精一杯の告白だったんですよ？　嫌がらせだなんて、ひどいなぁ」

精一杯の告白に交換条件がついてたまるか。そう言ってやろうとしたひかりの表情が唐突に凍りついた。

「も、もしかして貴方、俺にぎりぎりまで園を立ち退かせるようなことはしないって言わなかったのは――……！」

「あはは、ばれましたか。あわよくばひかり先生を口説き落とせるかと思いまして」

あははで済ませられる話ではない。これはもう本当に瑚條の顔面をぶん殴ってやろうと思ったけれど、瑚條に抱きしめられたままではそれもできない。仕方なく、ひかりは瑚條の耳元で声を限りに叫んだ。

「アンタ一体何考えてるんですか！　ヤクザに目をつけられて、俺たち職員がどれだけ胃を痛めたことか……っ！」

「そんな、これでもヤクザらしくないくらい紳士に振る舞っていたつもりだったんですけど。俺たち一度も、吉田組みたいな質の悪いことはしなかったでしょう?」

耳元を押さえながらもそんなことを言う瑚條に、ひかりも渋々言葉を切る。

確かに一連の瑚條たちの対応は紳士的だった。吉田組のように暴力や恐喝を行うことは一切なかったし、普通に考えれば吉田組のような行為こそ、ずっとヤクザらしい対応だったのだろう。

「でもまぁ、吉田組ももう無茶な手出しはしないと思いますけどね。こうして俺たちの方が先に園と仮契約を結んでしまったし、そうでなくてもウチの会長がわざわざ出向いて、きっちりお灸を据えたんですから」

「源三さんが?」

頷いて、瑚條がひかりの肩口でクスクスと笑う。

「父も今回の一件ですっかりひかり先生のファンになってしまったみたいですよ。吉田組には俺が行くからいいと言ったんですけどね、ひかり先生に手を出されて黙っているわけにはいかないって、結局会長自ら出向いたんですよ。もちろん俺も同行しましたけど、いやぁ、吉田組の若頭、怯えちゃって大変だったなぁ」

ふふふ、と楽しそうに笑う瑚條の腕の中で、もしかすると自分は物凄い人の腕に抱かれているのではないだろうかと、遅ればせながらひかりの背筋に冷や汗が伝った。

こうなるとなんだか、吉田組の若頭という人が可哀相《かわいそう》だ。一般人の知名度からいっても、吉田組より黒龍会の方がずっと規模が大きいのは知れている。そんな組の会長と若社長が、親子二代揃ってやってきたのだから、これは怯えるなと言う方に無理がある。

複雑な表情をするひかりに気づいて、瑚條は諭すような口調になる。

「極道には極道のルールがあるんですよ。今回のように、一個人の建物に火をつけたり一般人に危害を加えたり、そういうことはしちゃあいけないんです。ひかり先生だって普段子供にそう教えているでしょう?」

それは確かにその通りなのだが、瑚條たちが言うのとは大分スケールが違う気もする。

考え込むひかりの脇腹を、ふいに瑚條が撫で上げた。

「うわっ！　こ、瑚條さんどこ触って……！」

「ここ、蹴られたんですよね」

瑚條の大きな手が触れたのは、ちょうど十日前、吉田組の組員にひかりが蹴り上げられた場所だった。服の上からそっとそこを撫でられて、こそばゆさにひかりは身を捩らせる。

「大丈夫でしたか？　相当痛かったでしょう。肋骨《ろっこつ》にヒビでも入りませんでしたか？」

「そ、そんな大袈裟《おおげさ》な……大丈夫でしたよ、腫れはしましたけど」

実際脇腹には最近まで大きな痣《あざ》ができていて、長く痛みが伴ったことも事実だが、骨にまで異常はなかった。

ひかりから詳しい経過を聞くと、瑚條は大きな掌でひかりの脇腹を押さえたまま、深い溜息をついた。

「そうですか、痣が残ったんですか……やっぱり俺、ひかり先生を蹴ったあの男のこと、もっと蹴り上げておけばよかったかな……」

もっと!?　と素《す》っ頓狂《とんきょう》な声を上げてしまったひかりを抱きしめて、瑚條は低く呟く。

「だってひかり先生、貴方本当に容赦なく蹴り飛ばされたんですよ？　これでも俺も、子供の頃から極道の世界は見てますから、ああいう光景も珍しいもんじゃありません。でも」

一瞬ひかりの息が止まるくらい、ひかりを抱く瑚條の腕が強くなった。

「ひかり先生が蹴り飛ばされたあのときだけは、本当に、俺まで一緒に吹っ飛ばされた気分になったんです」

変ですね。

そう言って瑚條が優しくひかりの髪を撫でる。

変ではない、それがまともな感覚なのだと、生まれながらに極道の世界で生きてきた瑚條に言っても、俄かにはわからないのだろう。

だからひかりは、それでいいのだと言う代わりに初めて瑚條の背中に自ら両腕を回した。

途端に、瑚條の腕の力が一段と強くなって、耳元で響く声にも熱がこもる。

「つき合ってもらうために交換条件を出したのは確かに卑怯でした、謝ります。……でも、最初に貴方に会ったときから惹かれていたのは本当です。ヤクザ相手に怯まず啖呵を切った貴方が、どうしようもなく眩しかった」

瑚條の肩に額を押しつけ、ひかりはゆっくりと瞬きをする。そういえば四歳児の瑚條も、ヒカリ幼稚園にやってきたばかりの頃、ひかりが笑顔でその腕を引いて運動場に連れ出そうとしたら、なんだかひどく眩しそうな顔をしていた。

ヤクザの子として扱われなかったことが、よほど嬉しかったに違いない。

「ひかり先生、貴方の隣にいると、俺はいろいろなものが見えてくる気がする。ほんの少し、新しい世界が垣間《かいま》見える気がする」

（……そんなの、俺だって――……）

口には出さないまま、ひかりはゆっくりと目を閉じて思う。

自分も瑚條と出会うまで、こんな息苦しいほどの胸のざわめきや眩暈がするくらいの高揚感など知らなかったと言ったら、瑚條はどんな顔をするだろう。

「俺はこんな極道者だけれど、ひかり先生、これから先も、ずっと俺の側にいてもらえませんか」

プロポーズのような台詞に小さく吹き出して、ひかりは瑚條の広い背中にもう一度しっかりと腕を回す。

「先に側にいて欲しいと言ったのは、俺の方です」

そう答えた途端、瑚條の大きな体が弛緩した。

「じゃあ、この先もずっと俺の側にいてくれるんですね？」

首筋で、やけに掠れた声で瑚條が囁くので、口説き慣れているように見えた瑚條も案外緊張していたのかと、ひかりは小さな笑みをこぼす。

「いますよ、もちろん。俺だって瑚條さんのことが——……ってちょっと！　瑚條さんさっきからどこ触ってるんですか！」

ほんの少し神妙な気分になっていたひかりが声を荒らげる。

瑚條の手が、ひかりのシャツをたくし上げ直に脇腹に触れてきたせいだ。

「いえ、痣の具合を確認しておこうかと……」

「あ、痣なんてもう消えましたよ！」

「本当ですか？　もう痛まない？」

言いながら瑚條がひかりの肌を遠慮もなくまさぐってくるので、ひかりはうっかり声を引き攣らせてしまいそうになる。自分より体温の高い大きな手が直に肌に触れる感触に、ひかりの顔がいっぺんに赤くなった。

「今回のことで、ひかり先生は大分痛い目に遭《あ》っているでしょう。怪我もたくさんしたし、俺なりに心配していたんですよ」

ふ、と瑚條の温い吐息が首筋にかかって、思わず顎を仰け反らせたら唐突にそこに口づけられた。

「うわっ……、瑚條さん、ちょっと……」

「ここも、前に傷を作っていたでしょう？　刃物を当てられたんでしたっけ？　しまったな、そんなとんでもないことをした奴の人相も、きちんと聞いておけばよかった」

緩く息を吹きかけながら、瑚條が首筋にキスを繰り返す。存外敏感なその場所にうろたえて、ひかりは弱々しく瑚條の体を押し返した。

「瑚條さん……瑚條さん、もう……」

「よかった。傷は残らなかったみたいですね」

ビクッとひかりの体が大きく痙攣するように震える。瑚條が唐突に首筋を舐めてきたせいだ。

「……先生、随分敏感なんですね」

首筋で瑚條が少し驚いたような声を出して、ひかりは項《うなじ》まで赤くする。

「へ、変なこと言ってないで離してください！」

瑚條の体を押しのけようと瑚條の胸についた手が微かに震えている。瑚條がそれを見逃すはずもなく、口元に微かな笑みを浮かべると、なんの前触れもなくひかりの首筋に嚙みつくようなキスをした。

「うぁ…っ…」

首筋に走った痛みに、思わず声が漏れてしまった。感じたのは確かな痛みなのに、それが瑚條から与えられたものだと思うとやけに甘く感じてしまって、その思いはそのままひかりの上げた声に反映される。

(嘘っ！　何今の声！)

慌ててガバリと自分の口を覆ったひかりの前で、今度こそ本当に驚いたように瑚條がひかりの顔を覗き込んだ。

「ひかり先生、貴方結構、こういうときと普段とのギャップが激しい人なんですね……」

馬鹿正直に瑚條が言うのも無理はない。ひかりが上げた声は、それくらい甘く艶《つや》めいたものだったのだ。

「ちが、違うんです！」

自分でも聞いたことがなかった声を出してしまったひかりは涙目で反論するが、瑚條はそんなもの耳にも入らない様子でしげしげとひかりの顔を覗き込む。

「子供たちの前では元気で明るい、ひかり先生がねぇ……」

「やめてください！　妙なこと言わないでください！」

「いやいや、そういうギャップって、結構ぐっとくるものがありますよね……」

真面目な顔でそんなことを言われても、困る。

顔を真っ赤にして俯いてしまったひかりを見て瑚條は子供のように相好を崩し、ひかりの頬を長い指先でつついた。

「俯かないでくださいよ、俺なりに褒めたんですから」

「……嬉しくありません」

「じゃあ喜ばなくてもいいから、顔を上げてください」

笑いを含んだ声で促され、そろそろと視線だけ上げたひかりの額に、軽やかに瑚條の唇が落ちる。

「ひかり先生、もっと上向いて」

邪気のない子供のような声で瑚條がねだる。こういうとき、ひかりはなんだか大きな子供の相手をしているような気分になって、どうしても瑚條の言葉を拒否することができない。

気恥ずかしさを堪えて顔を上げたら、上向いた唇にも軽いキスをされてしまった。

「こっ瑚條さんっ！」

押しのけようとすればますます強く抱きしめられて、瑚條の腕の中ですっかり進退窮まってしまったひかりに、瑚條がにこりと笑いかける。

「ねぇ先生、もう少し、俺の知らない貴方の顔を見せてくれませんか」

言葉の意味がわからず問い返そうとしたひかりの唇を、それより早く瑚條の唇が覆った。

「…こ…っ…！」

思いがけなく深く唇を合わされて、ひかりは一杯まで目を見開く。慌てて上げようとした抗議の声は、緩く開いたひかりの唇から忍び入った瑚條の舌先に奪われてしまった。

（う、嘘！　本気で……！）

ひかりの口内に遠慮なく侵入してきた瑚條の舌は、微かに煙草の味がした。

熱くて、苦い。

口内をまさぐる瑚條の舌の感触に、ひかりの背筋がぞくぞくと震える。なんとか顔を背けようとしたら、背中に回っていた瑚條の腕が移動してひかりの後ろ頭を押さえてしまう。

（に……逃げられない…っ…）

ひかりは心底困り果てる。

けれど本当に困るのは、ひかりがその行為を本気で嫌がっていないことだ。

瑚條の胸は広くて凭れてもびくともしなくて、背中を支えてくれる腕はひかりの体をすっぽりと包み込んでなお余裕がある。悔しいことにキスも巧みだ。時折ひかりの唇を柔らかく食《は》んで、幾度でも優しく包み込む瑚條の唇は温かい。そしてそんな優しい唇とは対照的に荒々しくひかりの口内を蹂躙《じゅうりん》する瑚條の舌先は、驚くほど熱かった。

「……ん……んぅ……」

とうとう、ひかりの口から濡れた声が漏れた。二人の唇の隙間から吐き出される息はとうに温まって、ひかりはすでに自分の足で体を支えることさえ危うい。

「ひかり先生、俺の首に腕回して」

唇を乗せたままで器用に瑚條が囁くので思わず言いなりになってしまってから、ひかりは頭を抱えたくなった。

完璧に瑚條に流されている自分。けれど、いっそこのまま流されたいとすら思ってしまうとは、一体どうしたことだろう。

悔しまぎれに瑚條の唇を軽く噛むと、瑚條は唇の端でクスリと笑って、仕返しとばかりにそれまでより深くひかりと唇を合わせてくる。

ひかりが瑚條の首に腕を回してしまったせいで、口づけはますます深く絡み合う。息が上がる。瑚條の髪に差し込んだ指先に力がこもる。頭の中心がとろりと溶けて、そのまま思考力が奪われていってしまいそうだ。

これは本気でまずいのではないかとひかりの脳裏に警鐘が鳴り始めた頃、瑚條の手がひかりの服をたくし上げ、直に背中を撫で上げた。

「！　……こ、瑚條さんっ！」

バッと目を見開き、渾身《こんしん》の力を込めてひかりは瑚條の体を突き飛ばした。

離した唇が透明な糸を引いた。それを見てぎょっとしたひかりが真っ赤になって口を拭うと、瑚條は不満そうに顔を顰めて再びひかりに顔を寄せようとする。

「ここまできて今更抵抗することもないじゃないですか、先生」

「す、するに決まってます！　こんな所で、これ以上は駄目です！」

必死で瑚條の腕から抜け出そうともがくひかりを難なく腕に閉じ込めて、瑚條は子供のように破顔した。

「こんな所でないなら、いいんですか？」

「！」

しまった！　とひかりが自分の口元を押さえたときにはもう遅い。

「そうですか。まぁ確かに、同じ敷地内には年端もいかない子供たちもいるんですから、これ以上はさすがに、ね」

今更常識ぶってひかりを解放した瑚條を見上げ、思わず低く唸ってしまった。

本気でそう思っているなら最初からあんなことはしないで欲しかったし、それ以上のことだって、期待されては困る。あれは単なる、言葉の綾だ。

見上げた瑚條は無邪気な笑顔。なんて質の悪い、極上の笑み。

「貴方って人は…っ…、本当に子供よりよっぽど手に負えません！」

子供みたいに無邪気に笑っているくせに、仕掛ける罠《わな》はとんでもなく厄介だ。もしも再び今日のような雰囲気になることがあったら、今度こそ最後まで抵抗し切れる自信がない。げっそりと青褪めるひかりの前で、整った顔に笑みを乗せた瑚條は軽いウィンクなんて送ってみせる。

「まったく退屈しなくて、惚れ直してしまうでしょう?」

それが自意識過剰ではなく、本当のことなのだからなおさら困る。

「もう……、もう知りません!」

瑚條の腕を逃れたひかりは真っ赤になって部屋を飛び出す。

降り立った運動場に降り注ぐのは初夏の日差し。その強い光の下に飛び出したひかりの姿を視線で追い、瑚條が眩しそうに目を細めたことにひかりは気づいただろうか。

誰もいない運動場で振り返ったひかりは、未だに室内で立ち尽くす瑚條に向かって声を張り上げた。

「そんなふうに、俺がいつまでも貴方に翻弄されっぱなしだと思ったら大間違いですよ!」

眩しい真上からの光。その中で、ひかりが高らかに宣言する。

「そのうち絶対、俺の方が瑚條さんを振り回してやりますからね!」

ひかりの強い視線を受け止めて、瑚條がゆっくりと目を細める。

「俺はもう最初からひかり先生に振り回されっぱなしですよ」

「そんなリップサービスは結構です！」

「素直じゃない人ですねぇ。俺は素直なひかり先生の方が好きですよ」

この前の夜みたいに。そうつけ加えて笑いながら外回廊へ出た瑚條を、真っ赤になってひかりが睨み返す。

完全に遊ばれている。そう自覚するひかりは自棄《やけ》になって反撃を試みた。

「でも俺は」

初夏の強い風がひかりの声を吹き飛ばす。ダークグレーの髪を風に巻き上げられながら、なんですか？　と近づいてくる瑚條に、ひかりは声を張り上げた。

「俺はそのままの瑚條さんが好きです！」

叫んだ瞬間、端整な瑚條の顔が間の抜けたぽかんとした表情になった。と思ったら、サッとその頬に朱が走る。

こんな一言で中高生のように赤面するヤクザの若社長を見上げ、ようやく溜飲《りゅういん》を下げたひかりが、弾けるように笑った。

「リップサービスはいりませんから、俺の前ではいつもそういう顔をしていてください」

自分の顔に血が上っているのを自覚しているのだろう。瑚條は珍しく苦々しい顔で、赤くなった顔を隠すように掌で口元を覆った。

「それじゃあ格好がつきません」

「格好なんてつけなくていいんです」

即答したひかりが、瑚條を見上げて最高の笑みを見せる。

「貴方はそのままでいいんです」

思いもかけなかった言葉だったのだろう。瑚條は驚いたように目を丸くすると、間をおかず、運動場中に響き渡るような声を上げて笑った。

「こんなヤクザな男なのにこのままでいいって、そんな殺し文句初めてですよ……！　参りましたひかり先生、きっと俺、一生貴方には敵いません」

向かうところ敵なしの若き極道の社長に降参宣言をされて、ひかりも満足そうに笑った。

そのまま手招きをすれば、瑚條もようやく庇《ひさし》のある回廊から降りてくる。

六月の強い風、初夏の眩しい光、その中で。子供よりも質の悪い極道の男は、子供のように無邪気に笑い、光に向かって歩き出したのだった。

甘やかしたり甘えたり

「ひかり先生、実は私たち、蓮也《れんや》さんに買収されちゃったの」

台所で園に泊まった子供たちのために朝食を作っていたひかりは、揃《そろ》って現れた園長夫妻が突如発した言葉に口を半開きにした。

「え、ば……買収……？」

「そうなの。だから先生、今日は有給とってもらえないかしら」

朝の光の中、おっとりとした口調で夫人が少女のように小首を傾《かし》げる。が、ひかりは夫人が何を言っているのかまるでわからず、己の頭の重さに負けるように一緒に首を傾げることしかできない。それを見ていた園長も、二人を真似《まね》るように夫人の隣で首を傾げた。

「実は、以前から妻と一緒に観《み》に行こうと約束していたミュージカルがあったんですよ。でもなかなかチケットがとれませんで」

「そうなの。毎年チャレンジしていたんだけれど、チケット売り場に電話も繋《つな》がらないのよ。もう諦《あきら》めようかと思っていたら、蓮也さんが主人の分と二枚チケットをとってくれて」

それでね、と園長夫妻は顔を見合わせた。

「チケットをプレゼントする代わりに、ひかり先生に一日お休みをあげてくれませんかって蓮也さんにお願いされたものだから」

「だからひかり先生、明日の朝まで園の外で羽を伸ばしてらっしゃい」

ひかりの喉《のど》から、踏み潰《つぶ》されたカエルのような声が出た。

だからってまさかそんな条件飲んだんですか、と尋ねるより先に、園長がにこにこと笑いながらひかりの肩を押した。

「さ、もう外で蓮也さんが待ってますよ。早く行ってあげてください」

駄目押しのように、行ってらっしゃい、と園長夫人がチケットの入った封筒をひらりと振って、ひかりはほとんど問答無用に台所から追い出されてしまったのだった。


とりあえず財布だけジーンズのポケットに突っ込んで正門の扉を開けると、門に面した道路に黒塗りのベンツが停《と》まっていた。

ひかりが門を閉めているると車はするするとひかりの傍らまでやってきて、運転席の窓が開く。そこから顔を出したのは、笑顔の瑚條《こじょう》だ。

園長の言葉で予期していたとはいえ、ひかりは憮然《ぶぜん》とした顔で瑚條を見下ろし腕を組む。

「一体どういうつもりですか、瑚條さん」

「どういうもこういうも、園長先生たちから事情は聞いてませんか?」

「聞きました。買収とは随分ヤクザなことをやってくれるじゃありませんか」

「それはまぁ、ヤクザですから」

自分で言っておきながらおかしそうに笑い、ともかく乗ってください、と瑚條が助手席を指し示す。車には瑚條しか乗っていない。

突然のことに気持ちの整理がつかずひかりが動きかねていると、瑚條は少し悪戯《いたずら》っぽく笑った。

「どちらにしろ、明日の朝まで園には戻れませんよ？　そういう条件で園長先生たちを買収したんですから」

ひかりは眉《まゆ》を互い違いにする。律儀な園長たちのことだ。チケットを受け取ったからには瑚條の言葉に背くようなことはしないだろう。

ようやく諦めがついて、ひかりは車の前を回って助手席のドアを開けた。瑚條はひかりが乗り込むのを待って滑らかに車を発進させると、横目でひかりの顔色を窺《うかが》ってくる。

「怒らないでくださいよ、ひかり先生」

「別に、怒ってはいません。随分な強硬手段に出たものだと驚いただけで……」

「だってこうでもしないと先生、お休みとってくれなかったでしょう？」

前からずっとお願いしてたのに、とハンドルを切りながら瑚條が苦笑する。

それは、と反論しかけてひかりは口を噤《つぐ》む。なんとなく窓の外を向いてしまったのは、じんわりと頬《ほお》が赤くなったのを隠すためだ。

前々から瑚條に休みをとるよう言われていたのになかなか素直に応じられなかったのは、

ひとつは自分が園を休んだら園長夫妻に負担をかけてしまうのではないかと思ったから。そしてもうひとつは、瑚條があからさまにひかりと二人きりになりたがるからだ。

ひかりが瑚條への想《おも》いを自覚してからすでに一ヶ月以上が経《た》っているが、まだ二人は清い関係のままだ。それもそのはず、幼稚園に住み込みで働いているひかりの周辺には常にいたいけな眼差《まなざ》しを向ける子供たちがおり、いくらひかりと瑚條が想い合っているからといって大人なスキンシップなどできようはずがない。

そうでなくともひかりは色恋沙汰《ざた》に免疫がなく、物陰で軽いキスをするだけでも瑚條はあの手この手でひかりをその気にさせなければいけない。それを考えれば、思い余ってこういう強引な手に出てしまう気持ちもわかる……ような気もする。

とはいえ、『お休みもらって一日中いちゃいちゃしませんか』なんて面と向かってひかりに言う瑚條も瑚條だ。そんなことを言われたらもらえる休みだってもらい難《にく》くなる。

窓の外を向いたまま無言でひかりが言い訳めいた言葉を胸に並べていると、沈黙を怒っているとでも読み取ったのか、瑚條が宥《なだ》めるような声で言う。

「園長先生たちだってこの話を持ちかけたら大いに乗ってきてくれたんですよ？　ひかり先生は全然お休みをとらないから、園長先生たちも心配してたみたいですしね」

「……チケットの効果も大きかったんじゃないんですか？」

「まさか。ああでも言わないとひかり先生が大人しく外に出ないってわかってて俺の口車に乗ってくれたに決まってるでしょう?」

瑚條の言うことは逐一正しい。単に休めと言われても、ひかりは子供たちや仕事のことが気になってすぐには頷《うなず》けなかったに違いないし、瑚條と二人きりになるために休むとなればなおのこと気が引けて、言下に提案を断っていた可能性もある。

自分がオーバーワーク気味なのはひかりだって自覚している。そのことを周りが心配してくれていることも。瑚條だって、いちゃいちゃしましょうなんて馬鹿っぽいことを言うその裏で、休みなく働くひかりの体を気遣ってくれているのだろう。

やっと前向きな気持ちになって正面へ視線を戻したひかりは、迷いなくハンドルを切る瑚條に尋ねた。

「それで、一体どこに向かってるんです?」

「そうですね。まずはどこかで朝食でもとりましょうか。先生もご飯、まだでしょう?」

素直にひかりが頷くと、瑚條は前を向いたまま機嫌よさ気に笑った。

「その後は俺の部屋にご招待しますよ。そこなら人目を気にせずいちゃいちゃできますし」

「車を停めてください。園に戻ります」

「わぁ! 冗談ですよ! 走行中なんですから本気でドア開けようとしないでください!」

車がわずかに蛇行して、ひかりは溜息《ためいき》と共に再び窓の外へ視線を投げる。

冗談なんだか本気なんだか、瑚條は時々本気で真意が窺えない、と思いながら。

仕事の合間によく立ち寄るからと瑚條が連れてきてくれたのは、ホテルのラウンジにあるレストランだった。しかもただのホテルではなく、ドアマンが入口に立って恭しく頭を下げてくれるような高級ホテルだ。足元には毛足の長い絨毯《じゅうたん》が敷かれ、頭上では目も眩《くら》むようなシャンデリアが輝くその場所で、ひかりはジーンズにTシャツという極めてラフな格好でこんな場所へ来てしまったことを激しく悔やんだ。

普段通りスーツを着て優雅に朝食を楽しむ瑚條が恨めしい。給仕係に冷ややかな目で見られていないかと身を小さくして朝食を終えたひかりは、その時点ですっかり疲労困憊《こんぱい》だ。

だから瑚條が仕事部屋代わりに使っているという部屋に着いたら存分にくつろいでやろうと考えていたひかりだったが、その目論見《もくろみ》は早々に破られることになった。

「——……高級レストランの次は高級マンションですか」

二十畳はあるだろうかというとんでもなく広いリビングの中央。革張りのソファーに腰を下ろしたひかりは、くつろぐどころかソファーに背を預けることもできずげっそりした顔で高そうな調度品に囲まれた部屋を見回した。

ひかりの声を聞きつけて、キッチンから瑚條が戻ってきた。自宅に戻った瑚條はスーツのジャケットだけ脱いでいて、両手にコーヒーの入ったカップを持っている。

「先生、今何か言いました？」

いえ、と首を振ってカップを受け取ったひかりは、これだけ広い部屋に住んでいたら声をかけ合うだけでも一苦労だな、と溜息混じりにコーヒーから立ち上る湯気を吹き飛ばした。

カップに口をつけようとしたら、体が左に傾いだ。隣に瑚條が腰を下ろしたせいだ。

これだけ広い部屋で、L字のソファーだって五、六人は優に座れそうな大きさなのに、わざわざ肩が触れ合うほど近くに腰かけてきた瑚條にひかりはうろたえる。

「こ……瑚條さん……」

「ん？　なんですか？」

しかも、この距離ならひかりの声が聞こえないはずもないのにわざと顔を寄せてきたりするものだから、突然接近した瑚條の顔をひかりはまともに見返すこともできない。同じ男でも見とれるほどの端整な顔が、近距離でじっと自分の顔を見詰めてくるのだ。

視線も定められないひかりの動揺を楽しんでいるかのように瑚條は目を眇《すが》め、手にしていたカップをテーブルに置くと本格的にひかりに体を寄せてきた。

「ねぇ先生、こうして幼稚園も離れて、子供たちの目を気にする必要もなくなったんだから少しくらいいいでしょう？」

「い、い、いいって、何が――……」

「俺だって、今日のために必死でスケジュール調整して丸一日時間空けたんですよ？」

斜め下からひかりの顔を覗《のぞ》き込むようにして瑚條が囁《ささや》く。途中、顎先《あごさき》を瑚條の唇が掠《かす》めて、ひかりはびくりと肩を竦《すく》めた。

(う……うわ……)

背中に瑚條の腕が回され、抱き寄せられて心拍数が跳ね上がった。こういうとき、瑚條との体格差を再認識させられてひかりは胸をドギマギさせる。自分だってもう二十歳《はたち》になって立派に成人したつもりでいたが、瑚條のゆったりとした仕種《しぐさ》や広い胸を間近に見せつけられるたび、瑚條の方が自分よりずっと大人の男なのだと思い知らされてしまう。

地蔵のように身を固くするひかりを見かね、瑚條が苦笑いをこぼした。

「ほら先生、カップ置いて」

胸の前で両手を組むようにしてぎゅうぎゅうとコーヒーカップを握り締めるひかりに瑚條は囁くが、ひかりはカップを離すに離せない。離したら最後、このままソファーに押し倒されそうだ。それくらい、耳元で囁かれる瑚條の声音は甘く、また魅惑的だった。

そうでなくとも、ひかりはこういう甘い雰囲気にまだまるで慣れていない。

いつも憮然とした表情を繕って必死でごまかしているから瑚條は気づいていないかもしれないが、ひかりを訪ねて園にやってくる瑚條を見つけるたびにひかりの心臓は息苦しいほどの早鐘を打ち、瞬《また》く間に何も手につかなくなる。瑚條が側《そば》に来て名前を呼んでくれると、そんなことが驚くほど嬉《うれ》しくて声も出なくなるし、微《かす》かに笑って肩先に触れてくれれば痺《しび》れるように胸が震えて、その場に立っているのも危うくなってしまう。

もっと近づきたい、という気持ちがないわけではないのだけれど、何しろひかりにとってはまともな恋愛すらこれが初めてなのだ。これ以上瑚條に近づいたら自分でも自分がどうなってしまうのかわからないという不安の方が今はまだ強かった。

今もひかりがカップを握り締めたまま微動だにできずにいると、いつものことと瑚條は諦めたように笑って、ひかりから少しだけ体を離した。

「そういえば、ヒカリ幼稚園の周辺に建てるマンションも、この部屋に似た感じの間取りにする予定なんですよ」

ひかりの緊張をほぐすつもりなのか、なんでもない世間話のように瑚條は切り出す。ひかりの背中に回されていた腕もごく自然にソファーの背凭《せもた》れに移動して、ひかりはやっと詰めていた息を吐いた。

「……ここみたいな、高級マンションが建つんですね」

「高級でもないですよ。この部屋だって単なる仕事部屋です。仕事が行き詰まったときひとりになれる場所が必要かと思って借りたものの、滅多に使いません」

組員たちすら自分がこんな部屋を持っていることを知らないのではないか、などと笑う瑚條の金銭感覚を疑いつつひかりがぎこちなくカップを口元に運ぶと、瑚條が何か思いついた顔でひかりの顔を覗き込んだ。

「そうだ。マンションが完成したら、ひかり先生に一室プレゼントしましょうか」

ごくり、とひかりの喉が外に漏れるくらい大きな音を立てた。

ソファーで隣り合って座ったまま、ひかりと瑚條は互いに顔を見合わせる。

当然冗談だろうとひかりは顔に笑みを浮かべてみたものの、半開きにした口から笑い声が漏れることはなかった。冗談にしては随分嬉しそうに瑚條が笑っていたからだ。なんだかまるで、とんでもなく楽しい計画でも思いついた無邪気な子供のように。

「え……えーと……？」

とりあえず笑みを顔に張りつけたまま首を傾げてみると、瑚條も一緒に首を傾げ、整った顔に浮かぶ笑みを深くした。

「いい考えじゃありませんか。ひかり先生、今は園舎で寝泊まりしてるんですよね？　でもそれじゃあ不便でしょう？」

「ふ、不便というか、子供たちも寝泊まりしているので俺が一緒にいないと――……」

「それもどうかと思いますよ。結局ひかり先生が園舎で生活しているから、夜の子供たちの面倒をみるのは全部貴方の仕事になってしまうんでしょう？」

「それは、でも園には人手が足りないし、これ以上人を雇う余裕もないので……」

「その点なら、今後はうちが園を支援しますから、人も増やせると思いますよ」

ひかりは瑚條の本気のほどがわからず、顔に笑みを張りつけたまま片頬を引き攣《つ》らせる。

朝食をとった高級ホテルといい、仕事部屋として使うには贅沢《ぜいたく》すぎるほど大きなこの部屋といい、瑚條と自分ではあまりに住む世界が違うと思い始めていたところではあったが、気楽にマンションを一室プレゼントするなんて言い出した瑚條にその認識が深まった気分だ。

対する瑚條はひかりの反応が予想していたものと違ったのか、不思議そうに眉を上げてしまった。

「園からも近いし、悪い話じゃないでしょう?」

「いや、それはそうかもしれないんですが……」

「それに、こうして二人で会える時間も増える」

瑚條の声が、俄《にわ》かに甘さを増した。わずかに吐息を含んだ声を耳元から流し込まれ、瑚條に向けている方の耳だけがじわりと熱くなる。

一度は霧散したと思われた濃密な空気がまた戻ってくる。頬にかかる前髪を瑚條が指先でかき上げてきて、横顔に痛いほど視線を感じるが、ひかりは瑚條を見返すことができない。ただ、頬にどんどん熱が集まっていくことだけ自覚する。

「……も、申し出はありがたいのですが、俺、とてもこんな部屋の家賃を払えるだけの収入はないので――……」

「何言ってるんです、プレゼントするって言ったでしょう?　家賃なんていりません。なんなら一緒に暮らしてもいいですね。そうしたら、生活費だってまとめて俺が面倒みますよ」

「それは駄目です!」

唐突に、ひかりが鋭く瑚條の言葉を遮った。

思うより早く口を開いていたひかりは、広い部屋に残響した自分の声で我に返って慌てて瑚條を仰ぎ見た。

瑚條はひかりの前髪に指を伸ばした体勢のまま、少し驚いた顔でこちらを見ている。その顔を見たらむきになった自分が急に気恥ずかしくなって、ひかりは自分でも前髪を耳にかけながらカップの中を覗き込んだ。

「一緒に暮らすとか、部屋をプレゼントするとか……そういうのは駄目です。……いや、もちろん冗談なんでしょうけど……すみません、つい」

一瞬でも瑚條の言葉を真に受けてしまった自分にひかりが照れ笑いをすると、ふいにソファーの背凭れに乗せる形でひかりの背に触れていた瑚條の腕が離れた。

すぅっと背中が寒くなる。追いかけるように横を向くと、瑚條は膝《ひざ》の上で緩く指を組んで、テーブルの上に置かれたコーヒーカップを見ていた。

凝視している、というよりは、他に見るものがなくてそこに焦点を合わせているような顔でカップに視線を向けながら、瑚條がぽつりと呟《つぶや》く。

「……本気だったんですけどね」

瑚條の横顔は思いがけず真剣で、ひかりは軽く息を飲む。

とはいえ、瑚條の言葉のどこからどこまでが本気だったのかひかりにはわからない。まさかマンションの部屋をくれるというところから一緒に暮らすというところまで全部だとでも言うのだろうか。ひかりが言い淀《よど》んでいると、瑚條が上体を前に倒した。

「ひかり先生、一度、確認しておきたかったんですが——……」

ギシリとソファーが軋《きし》んで、瑚條はテーブルの上のカップに視線を止めたまま呟いた。

「……四歳の俺に同情して、今の俺と一緒にいてくれるわけじゃ、ありませんよね？」

「なっ……あ、当たり前じゃないですか！」

とっさに体を捻《ひね》って瑚條の方を向いたら、手にしたカップの中でコーヒーが跳ねた。琥珀《こはく》色の液体が手にかかり、わずかな熱さを感じたもののひかりは瑚條から目を逸《そ》らさない。むしろそちらに目をやったのは瑚條の方で、瑚條はひかりの手元と、きっぱりと自分を見詰めて動かないひかりを交互に見てから少しだけ目元を緩めた。

「じゃあ、四歳の俺が言う好きと、今の俺が言う好きの違いはちゃんと理解してますか？」

「し、してます」

怯《ひる》んだようにひかりの声が小さくなる。瑚條はひかりの顔を覗き込んで、本当？　と言わんばかりに口角を持ち上げた。

そこまで鈍感じゃないと反駁《はんばく》しようとすれば、手の中からするりとカップを奪われた。

「でも、俺が手を伸ばすと貴方《あなた》は逃げる」

「それは……子供たちがいつも、側にいるから——……」

「今は、いないでしょう？」

ひかりから取り上げたカップをテーブルに置いて、瑚條がひかりに顔を近づけてくる。

色の白い、鼻筋の通った、でも眼光の鋭い精悍《せいかん》な顔が間近に迫り、ひかりは無意識に息を詰めた。心臓が耳の近くまで迫り上がってきてしまったのではないかと思うくらい鼓動がうるさい。瑚條の耳に届いてしまうんじゃないかと、半ば本気で不安になる。

唇で瑚條の吐息を感じて、ひかりは小さく喉を鳴らした。鼻先を煙草《たばこ》の匂《にお》いが掠め、唇は今にも触れ合いそうで、ひかりがギュッとソファーの端を摑《つか》んだとき。

「ひかり先生」

名前を呼ばれ、無意識に伏せていた目を上げると、至近距離で瑚條と視線が交差した。

瑚條はひかりの目を見詰めたまま、ひっそりと凪《な》いだ声で、こう言った。

「俺だけひとりで勘違いして、はしゃいでいるわけじゃないですよね……？」

瑚條の声は静かだった。

それなのに、ひかりは指一本動かせなくなる。

今目の前にいる瑚條はもう三十を間近に控え、黒龍会《こくりゅうかい》という組織を担う立場の人間のはずなのに、どうしてか、瞳《ひとみ》の奥に四歳児としてヒカリ幼稚園にいたときと同じ影が過《よ》ぎった気がした。

直前まであれだけ耳についた自分の心臓の音が俄かにかき消える。違う、と否定の言葉が喉元まで出かかったが、それより先に瑚條の背後から低いバイブの音が響いてきた。

振り返った瑚條の視線の先では、瑚條が着ていたスーツのジャケットがソファーの背にかけてある。瑚條は無言のまま腕を伸ばすとジャケットを引き寄せ、ポケットから黒い携帯電話を取り出した。

「……どうした、今日は連絡しないよう言っておいただろう」

携帯を耳に押し当て、ひかりに背を向けた途端瑚條の声が低く、硬くなった。

話の内容から察するに、どうやら仕事の電話のようだ。何かトラブルが起きたらしいことが会話の切れ端から窺える。

しばらくして電話を切った瑚條は、ひかりに背を向けたまま深い溜息をついた。重苦しい空気を纏《まと》ったその背中は普段の瑚條からはかけ離れていて、ひかりはたじろぎを隠せない。

一体どんな顔で振り返るだろうと身構えたひかりだったが、こちらを向いた瑚條はいつもと変わらぬ緩い笑みを浮かべていて、ジャケットを摑むと身軽に立ち上がった。

「すみません、先生。今日だけは問題を起こすなとさんざん言っておいたんですが……仕事が入ってしまいました。なるべく早く帰ってきたいんですが、もしかすると戻りは夜になるかもしれません」

さすがに最後は溜息混じりに呟いて、瑚條がジャケットから何かを取り出した。テーブルの上に瑚條が置いたそれは、小さな鍵《かぎ》だ。

ひかりがきょとんとしていると、瑚條はわずかに眉尻《まゆじり》を下げて笑った。

「この部屋の鍵です。せっかくのお休みをこんな場所でひとりで過ごさせてしまうのは申し訳ないので、俺の帰りが遅ければ帰ってもらっても構いません。鍵は後日園まで取りに行きますので、ここは閉めていってしまってていいですよ」

予想していなかった展開にひかりはぎょっと目を見開く。動揺も隠せず視線を揺らめかせるひかりを見下ろし、瑚條が何か言いかけた。

一瞬、「本当は待っていて欲しいんですけどね」なんていつもの調子でねだられるのではないかと思ったが、途中で何か思い直したのか、瑚條は小さく笑って首を振った。

「……ちょっと、出かけてきます。すみません、無理やりお休みをとらせたくせに。この埋め合わせは必ずしますから」

後はもう呼び止める暇もなく瑚條は部屋を出ていってしまった。

足音が遠ざかり、玄関から戸の閉まる音が微かに聞こえてくる。広い部屋は瑚條がいなくなるとますます広く空虚に見え、ひかりの体からどっと力が抜けた。

静まり返った部屋の中、ひかりは脱力したようにソファーに背中から凭れかかる。しばらくはどんな言葉も浮かんでこず、ぼんやりと瞬《まばた》きを繰り返すことしかできなかった。

長いことソファーに沈み込んでから、ようやくひかりは胸の中でぽつりと呟いた。

（……あんな顔、すると思わなかった）

直前に見た瑚條の顔を思い出しながら後ろ頭をソファーの背凭れに預け、ひかりは天井を見上げた。

勘違いしているわけじゃないですよね、と確かめるように問いかけてきた瑚條は、どこか不安な子供のような目をしていて、思い出すとまた胸の奥が軋んだ。

（そういえば俺、瑚條さんにちゃんと好きだって言ったことあったっけ……）

考えてみれば、きちんと言葉にしたことはなかったかもしれない。キスは許したし、抱きしめられても気恥ずかしさに身を捩《よじ》るくらいで本気で抵抗することはしなかったから、言わなくても伝わっていると思っていたのだけれど。

（もしかして俺、源三《げんぞう》さんと同じことしてたのかな）

強面で口下手な瑚條の父親、源三は、いつだったか不安な目で自分を見詰める息子《むすこ》の前で、言わなくてもわかっていると思っていた、とぼやいた。そしてその後で、そう思っていた自分の方が馬鹿だったのかもしれない、とも続けた。

あのとき自分は、きちんと想いを口にしない源三を厳しく叱《しか》りつけたはずだったのに。

（——……同じじゃないか）

仰向《あおむ》いたまま、ひかりはきつく目を瞑《つぶ》る。

瑚條の記憶が戻って、年相応の振る舞いをするようになって忘れていた。

二十八歳の瑚條の中にも、まだ四歳の瑚條がどこかに存在しているかもしれないのに。

（——……何やってんだ、俺は！）

カッとひかりは目を見開く。そして、手加減なく両手で自分の頬をはたいた。

腹を決めれば、ひかりは強い。

前を向いた横顔からは、すっかり迷いが飛んでいた。


瑚條が自宅のマンションに戻ったのは、結局完全に日が落ちた頃だった。

さすがに少し疲れた顔で部屋の前に立った瑚條がドアノブを回すと、出がけにはかかっていなかった鍵がかかっている。無表情のままジャケットからスペアキーを取り出して鍵を開けると、室内にも明かりはついていなかった。

暗闇《くらやみ》に視線を向けたまま、瑚條は溜息を押し殺す。革靴を履いた足を、一歩室内に踏み入れようとしたそのときだった。

廊下の向こうからバタバタと慌ただしい足音が聞こえてきて、何気なく振り返った瑚條は目を見開いた。エレベーターホールから駆けてきたのが、ひかりだったからだ。

ひかりも部屋の前に立つ瑚條に気づいて、慌てたように足を速める。その合間にガサゴソと騒々しい音がするのは、ひかりが両手に大きなスーパーの袋をぶら下げているからだ。

「すみません、ちょっと出てました！　もう少し遅く戻られると思ってたので」

言いながら、ひかりはごく当たり前に瑚條の傍らをすり抜けて部屋に入る。その後ろ姿を、半ば呆然《ぼうぜん》と瑚條が見詰めているのにも気づかずに。

「……部屋に鍵がかかっていたので、てっきり園に帰ったのかと思いました」

背中で瑚條の意外そうな声を聞きながら、ひかりはさっさとキッチンへ向かう。

「この辺のスーパーを探してたんです。夕食を作ろうと思って」

夕食、と繰り返しながら瑚條もキッチンにやってきて、ほとんど使われた形跡のない調理台の上に野菜などを並べながらひかりは力強く頷いた。

「泊めてもらうんだから、ご飯くらい作ります」

「——……泊まるんですか？」

驚いたような瑚條の声にムッとして、ひかりはパックに入った魚を調理台に置くと鋭く身を翻して瑚條と向き合った。

「当たり前でしょう！　そのつもりで俺を園から連れ出したんじゃなかったんですか？　そうでなくても明日の朝まで、俺は園に戻れないんでしょう！」

「それは、そうなんですが……でも」

出がけの会話を気にしているのだろうか。迷うように瑚條の瞳が揺れて、その顔がほんの一ヶ月前、ヒカリ幼稚園で過ごしていた瑚條のそれと重なった。

そんな顔をされてひかりが黙っていられるわけがない。すっかり教員のスイッチを押された気分で、ひかりは両手を腰に当てて仁王立ちになる。

「瑚條さん、知ってましたか。俺、貴方のこと大好きですよ」

ひかりを見ていた瑚條の目が、二割増しで大きくなった。よほど驚いたのか次の言葉の出てこない瑚條を見上げ、ひかりはくっきりと鮮明な声で告げる。

「ちゃんと、二十八歳の今の貴方のことが好きです。卒園していく子供たちを泣いて引き止めることはしませんが、貴方に別れ話を持ち出されたら、泣いてすがって大暴れするぐらいに好きです」

「そんなことは！」

「ただですね！」

別れ話という言葉を本気で否定しにかかろうとした瑚條を遮って、ひかりはわずかに下を向く。さすがに、顔が熱くなった。そのまま言葉を止めてしまいたいくらいだったが、真向かいでは瑚條がジッと続きを待っている。ひかりはますます深く俯《うつむ》いて、ほとんどヤケクソになって叫んだ。

「でも貴方に大事にされて、女の人にするみたいに優しくされて甘やかされて、それでデレデレしてる自分を思うと――…っ…恥ずかしくて死にそうなんです！　だって俺男ですよ！　綺麗《きれい》でも可愛《かわい》くもない骨太の男なんだから！」

だから、瑚條が伸ばしてくれる腕に素直に寄り添えない。気恥ずかしさが先に立ってついついその手を払いのけてしまう。

今だってもう羞恥《しゅうち》で顔も上げられないでいると、上からぽつりと瑚條の声が降ってきた。

「……でも、一緒に暮らそうという提案は一蹴《いっしゅう》されましたが」

「それは貴方がマンションプレゼントだの生活費の面倒みるだの言い出すからでしょう！」

顔を赤くしたまま睨《にら》むように瑚條を見上げると、瑚條は本気でわけがわからないという顔をしていた。

今度のそれもはっきりと口にするのは相当恥ずかしかったが、言わなければわからないんだからとひかりは覚悟を決めて口を開いた。

「……対等でいたかったんです、貴方とは」

瑚條が小さな瞬きをする。言葉の意味を反芻《はんすう》しているようなその顔を見上げ、ひかりは再び床に向かって怒鳴りつけた。

「お、俺なんて貴方より年下だし、財力も地位も全然ないのはわかってますけど！　それでも、貴方に頼り切ってひとりで立てなくなって、挙げ句愛想尽かされたりしたくなかったんです！　男のプライドだって捨てきれないんですよ！　仕方ないでしょう、俺は……っ」

器が小さいんですとかなんとか続けようとしていたら、急に目の前が陰って瑚條の胸に抱き寄せられていた。

広い胸に横顔を押しつけられ、背中がしなるほど強く抱きしめられる。耳元を掠めたのは、痛みを押し殺す子供のような息遣いだ。

「……すみません、貴方のプライドを傷つけるつもりはなかったんです」

呼吸の隙間《すきま》で瑚條が呻《うめ》くように言って、ひかりも瑚條がそんなつもりであの言葉を口にしたわけではないことくらいわかっているから、ゆっくりと目を閉じた。

「俺も……今までちゃんと言わなくて、すみません」

言葉の途中で、前より強く抱きしめられた。愛《いと》し気に後ろ頭を撫《な》でられ、ひかりは脇《わき》に垂らした手を何度か握ったり開いたりする。瑚條の背中に腕を回そうか、やめようか、迷ってしまってなかなか動き出せない。

結局、瑚條の胸に小さく頬をすり寄せるのが今のひかりにできる精一杯だ。

「……いいんですか、こんな可愛気のない俺で」

くぐもった声でひかりが呟くと、瑚條の胸が微かに揺れた。笑ったらしい。

「大丈夫ですよ。……ひかり先生、もう十分可愛いですから」

瞬時にカッとひかりの顔が赤くなる。いつの間にか、瑚條の声音がいつもの調子に戻っていた。慌てて瑚條の腕から逃れようとすると、その動きを封じるように一層瑚條の腕に力がこもった。そうして本当に愛しそうにひかりの髪に頬を押しつけてくる。

「先生が勇気を出して本音を口にしてくれたんですから、俺ももうぐずぐずと貴方の反応を窺うのは終わりにしましょう。……いいですか？」

囁かれ、ひかりはギシリと硬直する。瑚條の声は艶《つや》を帯びていて、その下からはじわじわと雄の匂いが漂ってくる。

駄目だ、とは、もう言えない。けれど頷くことすらできない。

相変わらず両脇に垂らした手を握り締め、耳や頬や首筋まで赤くしてただただ身を固くしているひかりの耳元で瑚條が笑った。

「無言の肯定とみなしますよ?」

ひかりにできたのはただ、瑚條の胸に額を押しつけることだけだった。

服を脱ぐどころか、ベッドに上がることも、寝室に足を踏み入れることさえひかりにとっては試練の連続だった。

何をするにつけても気恥ずかしい。恥じらう自分を想像するのもまた恥ずかしく、何度音を上げそうになったことだろう。瑚條が根気強く背中を押して、大丈夫ですよと笑いながら肩を抱いてくれなかったら、本気でギブアップしていたかもしれない。

とはいえ瑚條だって聖人君子というわけもなく、ベッドに上がったら容赦がなかった。

「ん……うっ……」

薄暗い室内にひかりのくぐもった声が響く。その後を追うように卑猥《ひわい》な水音が続いて、ひかりは瑚條の体の下で耳を塞《ふさ》ぎたくなった。

「辛《つら》いですか？　ひかり先生」

囁く声と共に瑚條がひかりの首筋に唇を落としてきて、ひかりはぞくりと背筋をうねらせる。辛くないはずはない。とんでもない場所に瑚條の指を銜《くわ》え込まされ、あまつさえ抜き差しされるたびに自分のものとも思えない甘い声が漏れてしまうのだから。

「こ……瑚條さん……もう…っ…」

「駄目。もう少し慣らしておかないと、後で先生がきつくなりますよ」

瑚條はひかりの首筋から頰へ唇を滑らせながら低く囁くと、至近距離でひかりの目を覗き込んでゆるりと笑った。

蜜《みつ》の滴る花もかくやという色気を漂わせるその顔に、ひかりは抗議の声を飲み込んでしまう。代わりに奥まで指を突き入れられ、切れ切れに高い声を上げた。

（お、俺、男なのに、こんな――……）

ベッドに引きずり込まれるなりキスと瑚條の愛撫《あいぶ》だけであっさりと達してしまい、その時点でもう開き直るしかないと思っていたのだが、やはりそうそう羞恥心は拭《ぬぐ》いきれない。

せめて声だけでも殺そうと手の甲に歯を立てて横顔をシーツに押しつけると、瑚條の手でほどかれた髪がぱらぱらとシーツに流れ落ちた。それに気づいた瑚條が、ひかりの口元に当てられた掌《てのひら》に、くすぐるように指を這《は》わせてくる。

「駄目ですよ、先生。そんなところに歯型なんてつけて、子供たちに心配されたらどうするんです？」

　的確に弱いところを突かれてひかりは眉根を寄せる。とはいえ、今手を離したらどんな声が漏れてしまうかわかったものではない。節の高い瑚條の指が出入りするたびに体は小さく波打って、腰の辺りから甘い痺れが這い上がってくる。

　こんなことなら、痛みや違和感を覚えていた最初の方がまだよかったとひかりは涙目で思う。こんな場所を探られてよがっている自分が信じられない。その状況を隠そうにも、時折瑚條が確かめるように中心に触れてくるものだから隠しようもない。

　ひかりは瑚條の方に顔を戻すと、妙な声を上げてしまわないよう慎重に口元から手の甲を離した。

「……瑚條さん…っ…本当に……もう……あっ……！」

　狙《ねら》い澄ましたタイミングで、中で大きく指を回された。続けざまに音が立つくらい容赦なく指を出し入れされ、ひかりは溶けるほど甘い悲鳴を上げる。

「あっ、あぁ…っ…、や、ぁ…っ…！」

「恥ずかしがる先生の気持ちも、同じ男としてわからないではないんですけどね」

　闇の中から笑みを含んだ瑚條の声が響く。涙で濁った視界の中、間近で薄く笑う瑚條の整った顔が見えた。

「そういう貴方の顔を、もう少し見ていたいんですよ」

蠱惑《こわく》的な笑みに、頭の中心がとろりと溶けてしまいそうになる。

でもこれでは、同じ男なのに瑚條に主導権を握られっぱなしになってしまう。

荒い呼吸を繰り返していたひかりはぐっと唇を嚙むと、目前に迫っていた瑚條の顔をいきなり両手で挟んで引き寄せた。

自分ばかり余裕綽々《しやくしやく》の瑚條の唇を八つ当たり気味に嚙んでやると、瑚條が小さく息を飲む気配がした。さほど強く嚙んだつもりもなかったが、突然のことに驚いたのだろう。

ひかりは瑚條の頬を両手で挟んだまま、次の言葉を探して視線をさまよわせる。

自分とはまるで経験値の違うこの男に、一体どんな言葉をかければいいものか。どんな言葉で、どんな態度なら、瑚條から余裕を奪ってやれるだろう。

（——……そんなもんがわかったら、とっくに俺のペースだろ……！）

考えたところでどうなるものでもなかったと即座に諦めたひかりは、眉を八の字にしてぎくしゃくと瑚條の瞳を覗き込む。所詮《しよせん》気の利いた言い回しなどとっさに思いつくはずもなく、ひかりは素直に思っていたことを口にした。

「……見ているだけで、満足ですか……？」

その瞬間、瑚條が完全に息を止めたことにひかりは気づかない。それよりいつまでも動き出さない瑚條を訝《いぶか》り、もしかすると思ったより強く唇を嚙んでしまったのだろうかとあさっての方向に意識を飛ばし、詫《わ》びるつもりで目の前にあった瑚條の唇を軽く舐《な》めた。

無意識の手管は、怖い。

しかしそんなことをひかりが自覚する時間は与えられなかった。

「先生……貴方本当に、普段とこういうときのギャップが――……」

「え……？」

瑚條が何か呟いたようだが、それは低すぎてひかりの耳に届かない。尋ね返そうとしたら、さんざんひかりを苛《さいな》んでいた指が引き抜かれ、衝撃にひかりは背中を仰《の》け反らせた。

「最初だから手加減してあげようと思っていたのに、どうして貴方は――……」

「あっ、な、なん……っ……」

指を抜かれたと思ったら今度は大きく脚を開かされ抱え上げられた。長々と愛撫を受けた場所に熱い屹立《きつりつ》が押しつけられる。息を飲むと、いつの間にかすっかり余裕を失った顔で瑚條がひかりの顔を覗き込んできた。

「……煽《あお》ったのは貴方ですからね？」

焚《た》きつけるのなんて無理だと早々に諦めたはずのことがいつの間に実行されていたのか。自身の行動を顧みる間もなく、瑚條が中に押し入ってくる。

「あっ……あぁ……っ！」

引き裂かれる痛みと、内側を圧迫する熱に声を殺すことも忘れた。目の前で瑚條もわずかに眉根を寄せ、やたらと扇情的なその顔に視界がくらりと霞《かす》む。

喘《あえ》ぐように息を吸おうとしたら、暗がりの中、瑚條と視線が交わった。

瞬間、胸の奥からドッと何かが溢《あふ》れてきた。洪水のように胸から押し寄せ、頭のてっぺんから爪先《つまさき》まで満たしていくその感情はかつて体験したことのなかったもので、ひかりはとっさにどんな名前もつけられない。

浅い呼吸を繰り返しながら、これは一体なんだろうと霞みがちな頭でひかりが考えていると、瑚條がゆっくりと身を屈《かが》めてきた。

乱れた呼吸の中で互いの唇が触れる。離れて、もう一度触れて、緩く唇を開くと瑚條の舌先が滑り込んできた。

「ん——……」

深く唇を絡ませたとき、胸に溢れた気持ちは愛しさなのだと唐突に気がついた。

自覚した途端それは身の内側に抑えきれないうねりとなって、ひかりは体の横でシーツを握り締めていた指をほどく。ほとんど同時に、同じ衝動に突き動かされたように瑚條も緩やかな抽挿《ちゆうそう》を始めた。

「ん……んぅ…っ…ん——…っ…」

舌を深く絡ませたまま揺さぶられ、突き上げられる。

絶対に離すものかと言わんばかりに強く瑚條に抱きしめられ、どういうわけか涙が出そうになった。貫かれる痛みは潮が引くように遠ざかり、代わりに皮膚の下からふつふつと甘っ

たるい幸福感が湧《わ》いてくる。

（ああ、もう……なんでこんなに——……）

瑚條のことが、たまらなく愛おしいと思った。同じ男なのに。極道者なのに。

それでも、こんなにも自分を幸福で満たしてくれるのは、きっとこの男だけだ。大きな体全部を使って、「大好きですよ」と全力で伝えようとする瑚條が、本当に愛しい。

その頃にはもう、柄じゃないとか気恥ずかしいとかそんな気持ちはすっかり薄れ嵐《あらし》のような激しい交わりの中、ようやくひかりは自ら腕を伸ばして瑚條の背中を力一杯抱き寄せることができたのだった。


目を覚ますと、闇の中に蛍《ほたる》が飛んでいた。

一瞬光が薄くなり、そのまま消えるかと思ったらふいにまた明るくなる。強くなったり弱くなったりを繰り返すその光をぼんやりと見ていたら、赤い光がふわりと揺れて、鼻先を嗅《か》ぎ慣れた煙草の匂いが過ぎった。

「……起きましたか。まだ夜明けには早いですよ」
二、三度目を瞬かせると、蛍のような赤い光の向こうに瑚條の顔が見えた。ベッドの上に起き上がり、煙草を吸っていたらしい。蛍と思ったのは、煙草の火だ。
寝ぼけた頭で、ああ、と納得したように呟いたらひどく声が嗄《か》れていた。気を失うように眠る直前何をしていたのか思い出し、ひかりの頬が赤くなる。

瑚條の言う通り、まだ日は昇っていないらしく室内は薄暗い。なんとなく、どんな顔で瑚條と向き合ったらいいかわからずひかりが肩まで布団を引っ張り上げると、煙草を灰皿に押しつけた瑚條も布団に潜り込んできた。

「うわ……ちょっと、瑚條さん……」

「いいじゃないですか。今日は子供たちもいないんだし」

互いにまだ素肌のまま、瑚條が胸にひかりを抱き込んでくる。猫の子でもあやすように後ろ髪を撫でられると抵抗する気も失《う》せ、ひかりは瑚條の胸に頬を押しつけた。

いつから煙草を吸っていたのか、瑚條の胸や腕は少し冷たかった。だがそれも、しばらくすると自分の体温と同化する。合わせる素肌の心地《ここち》よさにひかりがまたとろとろとまどろみ始めた頃、瑚條が独白めいた呟きを漏らした。

「……ひかり先生、俺と対等でいたいって言ったじゃないですか」

ほとんど眠りに片足を突っ込んでいたひかりは、不明瞭《ふめいりよう》にごく短い返事をする。瑚條は小さく笑ってひかりの髪を指先で梳《す》いた。

「俺の方こそ、対等でいたくて必死なんですけどね」

「…………どういう…………」

「いいですよ、眠ってしまって。ここからは俺の独り言です」

髪の先が、さらさらとシーツの上に落ちていく。そんな微かな振動は感じ取れるのに、唇や瞼《まぶた》は泥のように重くて思う通りに動かない。ひかりが何も答えられないでいると、瑚條は本当に独白のように淡々と呟いた。

「こんな年になるまで俺はなんにも持っていなくて、体ばかり成長しても中身は空っぽなまま。目一杯握り締めた手の中には何も摑めてなかった。……その手の中に、いろいろなものを詰め込んでくれたのは貴方ですよ」

瑚條の胸から響く低い声は、休日の明け方に聞く雨の音に似て心地いい。目を開けようという思いとは裏腹に、さらに深い眠りへと誘われる。

「いつだったか、シャボン玉の中には何が入っているの、なんて馬鹿なことを尋ねた俺につき合って、本気であれこれ考えてくれましたよね。綺麗なものとか素敵なものがたくさん入ってると思うんですが、なんでしょうね、なんて言いながら、俺にたくさんの想像をさせてくれた」

そんなこともあったなぁ、とひかりはうっすら考える。

ヒカリ幼稚園の運動場の真ん中。真っ青な空へいっせいに飛んでいくシャボン玉を見上げ、思いつく限りに綺麗なもの、素敵なものを瑚條と互いに言い合った。

花と蝶々《ちょうちょう》、虹の欠片《かけら》、龍の鱗《うろこ》に波のきらめき、満開の桜と朝日にも溶けない無数の星屑《ほしくず》。競争するみたいに何個も何個も、最後はわけもわからず楽しくなって、笑いながら。

「――……なんてたくさんの、鮮やかな世界を俺は貴方からもらっただろう」

目を閉じているのに、どうしてか瑚條が髪の先に口づけたのがわかった気がした。

やっぱり頑張って目を開けようかとひかりが瞼を痙攣《けいれん》させたとき、ふっと瑚條の笑う声が耳元を掠めた。

「そのせいか貴方には未《いま》だに園児のように扱われている節がある気がして、記憶が戻ってからは必死で大人の男を演じていたんですが……どうやら逆効果だったみたいですね」

なんとなく、瑚條の声に悪戯めいた色がにじんだ気がしてひかりは無理に瞼を開けるのをやめる。同時に額に、柔らかく唇が降ってきた。

「これからは、存分に甘えさせてもらいましょう」

ピクリとひかりの眉間《みけん》に皺《しわ》が寄る。意識するより早く口元が何か言いた気に動いたが、結局ひかりはそのまま安穏とした眠りに逃避することにした。

（……大人のくせに、子供みたいな――……）

額に、瞼に、唇に柔らかなキスが降り注ぐ。ひかりがなんの反応もしないのに飽きもせず甘いキスを繰り返す瑚條に、自然とひかりの唇に苦笑めいた笑みが浮いた。

「覚悟してくださいね、ひかり先生」

これは並の問題児より手を焼かされるぞ、と溜息混じりに思いながらも、ひかりの唇に浮かんだ笑みは、いつまでも消えることはなかった。

あとがき

何気なく自分が通っていた保育園の先生の名前を思い出してみたらきっちりフルネームで出てきて、幼児の記憶力って案外侮れないな、と我がことながら感心してしまった海野です、こんにちは。

通っていた保育園ではお昼の一時から三時までが昼寝の時間で、あまり寝つきのよくなかった私は布団に入ってもまったく眠れず、この二時間がかなり憂鬱でした。でもそんな話を家族にしたら、「大人になったらきっと、昼寝ができることを羨ましく思うようになるよ」などと言われ、「そんなことあるわけないよ!」と本気で言い返していたのを思い出します。

高校生ぐらいになってからそんな家族の言葉を思い出し、言われた通りになったなぁ、とちょっと悔しい気分で思ったことも懐かしいです。

子供の頃に聞いた大人の言葉は、当時の反発する心境と、どうしてあのときにちゃんと理解できなかったかな、という軽い後悔と一緒になって思い出されることが多いです。

作中に出てきたヒカリ幼稚園は自分の通っていた園をモデルにしていたので、読み返すとなんだかいろいろなことを思い出します。思い入れも深いお話なので、こうして本になって本当に嬉しいです。

そんな今作の挿絵を担当してくださった小椋ムク様、ありがとうございます。ひかりが思い描いた通りの先生で歓喜しました！　一見普通の兄ちゃんだけれど懐が深そうで堪りません！　瑚條は記憶があるときとないときではかなり性格が違うので凄く絵にしにくい人だったのではないかと思うのですが、ちゃんと社長をやっているときは格好よく、子供に戻ればそこはかとなく可愛い雰囲気が漂っていて身悶えました。イラストレーターさんって凄い……！　いつも書き手の想像を超えてくる……！

また、末尾になりますがこの本を手に取ってくださった読者の皆様、本当にありがとうございます。皆様に少しでも楽しんでいただけましたら、これ以上の幸いはありません。

それではまた、どこかでお会いできることを祈って。

海野幸

本作品は書き下ろしです

海野幸先生、小椋ムク先生へのお便り、
本作品に関するご意見、ご感想などは
〒101-8405
東京都千代田区三崎町2-18-11
二見書房　シャレード文庫
「極道幼稚園」係まで。

CHARADE BUNKO

極《ごく》道《どう》幼《よう》稚《ち》園《えん》

【著者】海野幸《うみのさち》

【発行所】株式会社二見書房
東京都千代田区三崎町2-18-11
電話　03(3515)2311[営業]
　　　03(3515)2314[編集]
振替　00170-4-2639
【印刷】株式会社堀内印刷所
【製本】ナショナル製本協同組合

落丁・乱丁本はお取り替えいたします。
定価は、カバーに表示してあります。

ISBN978-4-576-12152-9

http://charade.futami.co.jp/

CHARADE BUNKO

スタイリッシュ&スウィートな男たちの恋満載
海野 幸の本

この味覚えてる?

……嫌じゃないんだろ?

イラスト＝高久尚子

商店街の目玉スイーツを作ることになったパティシエの陽太。だが、共同制作の相手は犬猿の仲の幼馴染み、和菓子職人の喜代治で…。前途多難かと思いきや、共に過ごせば今まで疎遠になっていたのが不思議なほどしっくりくる喜代治の隣。陽太は一番認めたくない己の想いに気づいてしまい——。